山河故人来

傅菲◎著

时代文艺出版社

图书在版编目（CIP）数据

山河故人来 / 傅菲著．—长春：时代文艺出版社，2019.3

ISBN 978-7-5387-5918-1

Ⅰ．①山… Ⅱ．①傅… Ⅲ．①散文集－中国－当代 Ⅳ．①I267

中国版本图书馆CIP数据核字（2018）第129102号

出 品 人　陈　琛
产品总监　郭力家
选题策划　凌　翔
　　　　　方　伟
责任编辑　田　野
助理编辑　刘　力
装帧设计　孙　利
排版制作　隋淑凤

山河故人来

傅菲 著

出版发行 / 时代文艺出版社
地址 / 长春市泰来街1825号　时代文艺出版社　邮编 / 130011
总编办 / 0431-86012927　发行部 / 0431-86012957　北京开发部 / 010-63108163
官方微博 / weibo.com / tlapress　天猫旗舰店 / sdwycbsgf.tmall.com
印刷 / 三河市万龙印装有限公司
开本 / 640mm × 910mm　1 / 16　字数 / 174千字　印张 / 14
版次 / 2019年3月第1版　印次 / 2019年3月第1次印刷　定价 / 30.00元

图书如有印装错误　请寄回印厂调换

目　　录

黑暗中的耳语

黑暗是在人群散去之后，从隐秘的甬道里漫溢出来的。从草坡旁的紫竹丛中，从合欢葳蕤的树冠上，从小山冈的枫树林里，夜色呈黏稠的滴液状，扩散在每一个角落。它像一滴墨水，滴落在一杯清水中，氤氲开来。

学校大门前有池塘，右边是菜地。我从塘坝走向菜地，穿过一片樟树林，到了山坳的洼地。整个郊区的夜晚已无人声。校园里的灯光悬浮在半空中，像汪洋中星散的灯塔。夜晚是从池塘开始的，天还没暗下来，鱼群在水面上划起啵啵啵的声浪，野鸭从芦苇丛里，呼地低飞，再没入水中。蜻蜓在荷叶上，忽停忽飞，一只鲤鱼跳起来，把蜻蜓吞食。鲤鱼，是一只蜕变的月亮，淡黄色。

这是一个县城的郊区。我的故乡在千里之外。县城犹如一只乌龟，静静地趴在长江的右岸。僻远的近似于乡间的县城，街上早已人迹寥寥。晚饭后，我在校园里走一圈，约半小时，再往池塘漫步。这是闲适时的功课之一。植物的气息遍布全身。四季的时蔬、矮墙上的苦竹、扎成篱笆的狗骨树，和干燥的泥土味，在半凹陷的迷蒙的星空下，混合交错，形成郊区静谧的安详。不远处，是一座低矮的山冈，灌木和阔叶乔木错落丛生，小村庄沿山边而建，隐隐约约的灯火在唰——唰——唰——唰的林间私语中，多出一份古朴，生出一份安好。

如果把半径拓展成一条直径，我会从村前的斜坡往废弃的砖瓦厂走。有一条羊肠小道，路边匍匐着杂草，苍耳茂密地扭结，形成窝棚。废弃的取土之处，在小道下面，衍变为鲫鱼跳跃的湖泊。人烟淡去，在树梢上与湖边雾气融为一体，渺渺、稀薄，最后的一笔写意在山梁隐没。我常去走访山边的人家。在月下的院子里，散一圈圈的纸烟，喝清苦的山茶，和邻坊人家像睽违已久的故人一样，说一些芝麻一样的陈年旧事。院子一般种有木槿、枇杷、板栗，或芭蕉、杏树、桂花，屋后是密密的桂竹或柿子树。水井里，有潮湿的意蕴，井边的指甲花幽幽地开。随风涌来的，是长江湿润的青涩味道。

两只麻雀，从窗外飞了进来。叽叽喳喳，一蹦一跳。我的办公室有四扇窗户，窗户上方有一扇小叶窗，麻雀从小叶窗钻了进来，愣头愣脑，扑在书橱上，在空调柜机上，在花架上，跳来跳去。我的办公室外是一条走廊，走廊墙壁上方的三角形夹角处，有一条管缝，麻雀在管缝两端，各垒了窝，细细的干茅草露出来。每年的四月，几只雏鸟从巢穴口，探出尖尖嫩黄的嘴，“唧——唧——”。然而麻雀飞进我办公室，却鲜有。前天下午，我去卫生间的间隙，麻雀乘机进来啄食，在地板上，忽而东忽而西，忽而觅食忽而回望，似惊恐似惊喜。我转身进来，把门和小叶窗关上，麻雀在几个窗棂间蹦来蹦去，偏歪着脑袋。我要把它们关几天，看看它们怎么办。第二天早上，麻雀不见了，怎么出去的呢，我百思不得其解。今天晚上，又进来两只。夜晚到了，鸟投林归巢，时间相对是准点的，可它们来我办公室干什么呢？是不是昨天那两只呢。

地上并无东西可吃。麻雀站在空调柜机上，“啾啾啾”。办公室有两钵兰花，是做绿化的朋友送的。我半个月浇一次水，放在走廊晒两天阳光，半年施小半碗油菜枯饼肥，兰花叶阔根粗，很是悦目。一钵放在书架上，一钵放在空调柜机上。麻雀就在花钵上，栖下来。

鸟有一定的趋光性，但晚上了，还来我办公室，是不曾见过的。十点钟，我准备回宿舍休息，站起身，麻雀“噗噗噗”，飞起来。可无出口可逃。我把灯关了，坐在沙发上，想看看鸟儿如何逃生。漆黑的房间里，我的走动已经使它们不安，朝窗户飞，“砰”，撞下来，又飞。四个窗户，成了逃生出口的四个假象。麻雀看不到窗户有玻璃，透明的玻璃施了障眼法。

校园里，有许多树，香樟、桂花、李子、板栗、梨、枇杷、桃、柳、栾、枫、松、梅、含笑、合欢、忍冬、樱花、紫荆、银杏，鸟儿四处可见，尤以鹧鸪、乌春、麻雀、白头翁居多，也有野兔和黄鼬，在竹林里出没。秋冬季节，草结籽树结果，墙头上、树桠上、屋檐上，到处都是鸟儿，扑棱棱地飞来飞去，啄食嬉闹。第二食堂，差不多每天有鹧鸪进来，在地上啄食遗落的饭粒。三只五只，趴在学生的脚底下，吃一下，看一下人，深绿的眼“吧嗒吧嗒”地翻动眼睑。甚至还站在桌子上，冷不丁地从学生碗里叼食。有几只鸟，常年都在食堂，赶也赶不走，在户外晃悠一会儿，又回来。在食堂边的小山冈上，有好几个鸟巢，建在野柿子树上，或灌木丛里。误入我办公室的麻雀是迷途还是想另行打窝呢？事实上，我这儿除了开水，什么吃的也没有，打窝的洞穴更没有。也或许是窗外气温会低些，我这儿较为温暖。它们不知道，我这儿反倒成了囚室。天空的使者，成了迷途者。我把门打开，它们忽地飞出，“啾——啾——啾——”。不知它们会在哪儿过夜。我怔怔地看着窗外，学生已经安睡，淡淡的灯光在草地上铺上鹅黄色的光晕，露水悄悄地在草尖上凝结。

四月五月，九月十月，这里的气候是非常宜人的，气温一般在20℃。谷雨过后，围墙下上百株的蔷薇全开花了，大朵大朵的殷红娇艳，小朵小朵的粉白羞涩，一层一层往上举起夏季的凉帽。毗邻的茶花，哇的一声，覆盖了昨夜的小雨声。山冈上，连片的一百株桃树和一百株梨树，成团的香气抱在一起，它们像一群穿花衣的小学生，坐在地头无忧无虑地唱歌。可我还是偏爱深秋多一些，色彩斑驳一些，空气里的青涩不那么黏糊糊。草枯黄，枫叶晚霞一般飘动，落叶的竹子更显遒劲刚硬，看起来有点儿魏碑体。夜晚也更澄明，月光有些寒凉。

和城里的月光不一样。我会想起长江，在圆月的时候。长江绕城而过，阔大的圆弧像圆月。它的下游是我的故土。长江进入鄱阳湖之际，与我母亲饮水的河流相汇合。有好几个夜晚，大家都安睡了，我披衣下楼，坐在草地上，静静地看头上的月亮。苍穹有淡淡的云翳，絮状，金黄色的月亮在游弋。我沿着校园的小道，在一圈圈地走。冷涩的、清寂的，犹如水底下的幽深之夜，不远处的山峦有稠密的黧黑。我拿起手机，翻看号码，号码有一千多个，但我不知道要把电话打给谁。分享一个夤夜的圆月，除了婆娑的影子，可能很难找出更适合的对象，假如还有的话，那么就是栾树底下的池塘。我在废旧的台阶上，写下《月亮》：

多年，你守身如玉

多年，湖水在疲倦的时间里囤积

你是留给我的。你和我有着相同的皱纹，霜色的旧事

寒凉的露水一遍又一遍说出南方……

噢，你照耀的南方，我所剩的青春屈指可数

在最后的岁月里，你会照耀我辽阔的故园

照耀我小小的心房，痛和温暖在此交织

你是知道的，我日渐枯败，而你圆润如初

苍穹，在这寒凉的深夜里，我无数次地举目凝望，越发深邃无比，星光透明。仿佛是自己无法掌控的内心。在操场上，在山冈上，随便从哪个角度哪个高度去遥望星空，它的高远无法更改。千万亿年前，与我现在看到的星空有区别吗？千万亿年以后，星空又会在哪儿呢？亘古的河流在头顶上静默地流淌，一秒一秒，孱弱得使我们毫无知觉，直至把我们悄悄淹没，把万物销毁，推着四季的车轮碾过，隐没在时间的滑道上。

枯草遮盖的小道，适合一个被月光惊醒的人，轻轻漫步。

在异乡，呼呼呼的狂风会让一个敏感的人彻夜难眠。深冬或早春，雨水不知疲倦地造访。坡地上，操场上，淌细细的水流。学校处于县城的最高处，在两个山冈的夹坳里，风横穿而过，磕碰到树枝，发出惊骇的声音——“呜——呜——呜”。我坐在办公室，风声尖利地刺进来。高高的合欢树、茂密的香樟树、枝条柔软的枫树，已成了风声的制造机。

在晚上，我的生活是慢节奏的，吃过晚饭，散步半小时，回办公室办公至十点，巡查学生宿舍半小时，回自己蜗居洗刷看电视至十二点睡觉，第二天六点起床，复始一天。而一场大雨把这些秩序打乱。我站在走廊上，雨水“噼噼啪啪”击打在玻璃上，“呜呜呜”的风声一阵紧似一阵。风声像是从地下咆哮出来的，开山裂石，也像是洪水浩浩荡荡而过，带来横扫千军如卷席的茫茫气象。听着听着，觉得自己的肺腑已经被淘洗多次，被反复搓揉。而我故土的风声是轻轻慢慢的，送来南方稠密湿润的青草味，雨斜斜飘着，鸟儿匆匆。而这里，天空的阴霾早早地铺满了视野，厚厚的，沉重的，有窒息感——像泥石流。

把办公室的前门关上，后门打开。有人找我，敲敲门，我从后门把人叫进来。来人说：“你怎么把办公室换了。”我说：“没有啊。”来人说：“怎么看起来不像之前的。”我说：“开门的位子不一样，给人的空间也不一样，有魔幻主义。”其实，我开后门，是便于风声早一秒涌进来。初来这里上班的人，都会惊惧如此悲怆的风声。雨把人赶进了宿舍。我却不知所措。

当然，深冬早春，美妙之夜是曼舞雪天。树梢上、屋顶上、草地上、廊檐上，到处都是慢慢淤积的雪。漆黑的夜里，淡淡的灯光给雪花变幻了色泽，是红白黄糅合的杂色。花圃里的茶梅，今夜又将抽出花朵。天越寒，茶梅花越盛大。

夜的长度和孤独的长度有关。我日渐地陷于失语。在校园里，每一个夜晚，每一条大路小道，我都要踱步一次。我已很少和外界联系，大部分时间处于失听和至盲的状态。而有几个人，每每至天黑时，我都会默念他们或她们的名字。我举头仰望天空，他们或她们和星星没区别，那么邈远又那么亲切，朗朗地照彻。或许，他们或她们看见南飞的大雁，也会默念我。而我只能把夜晚一分一秒捏成齑粉，沉默无语。

一葛一裘经岁

沪昆高速公路上饶段，公路两边的护坡上，遮蔽着一种藤蔓植物，叶掌肥厚如盾，青绿如漆。藤蔓爬上矮松树，爬上了铁丝护栏和陡峭的岩石。在仲夏，浅紫的花，鸡毛掸子一样翘在坡面。满眼的花，一路延伸到路的尽头。北方的客人，见了，问："这是什么花啊，随风荡漾。"

这是葛花。

北参南葛。葛是南方植物，虽是把葛与人参等同看待，可葛在南方，无论是山区、丘陵，还是平原地带，随处可见，如地锦匍匐大地。葛是豆科植物野葛，喜阳，适于在沙地生长。在荒坡，在溪头，在坟地，葛一岁一枯荣。

赣东有一个县，叫横峰，明末清初时期，以出土匪闻名，民国期间以方志敏领导弋横暴动闹革命闻名。横峰辖下有一个镇，叫葛源。葛源坐落在灵山山脉西北，像灯塔下的一滴蜡烛油。东晋游方术士葛洪喜欢筑炉深山白云间，大地成了他的炼丹房，有高山之处，筑丹炉。他在灵山隐而不居，四处游走。他到了灵山脚下的盆地，中暑得很厉害，饥渴难忍，四肢无力，晕倒在溪边。溪边的野花，迎阳而艳。他摘野花充饥，竟然解了他的暑气。这个自号抱朴子的人，知道这种花解肌退热、生津、透疹、升阳止泻，有起死回生之药效。溪流明净如洗，山峦如怀。溪遂名葛溪。

葛溪之源头，小镇遂名葛源，人子繁衍于此已千年。葛源是中国葛之都。镇里，有一个人，他的父母，目不识丁，给他取了一个土名，叫葛根生。这个人到了二十多岁，胃溃疡很厉害，求医四方也无助。一日，来了一个化缘和尚，对他说："有一偏方可治，只是很难吃下去。"葛根生说："再难吃，也比天天胃疼好，病恹恹的人如烂稻草，命都不值钱。"化缘和尚说："救一生而杀生无数，罪过。"葛根生说："杀无数生而救一生，那我也育无数生。"化缘和尚说："行善之人有德福。"化缘和尚给的偏方很简单，用葛叶包活青蛙生吃，一天吃九只青蛙，吃三年，胃溃疡便好了。

葛根生从这一年开始在村里的荒地种植葛，种了二十多年，满山满坞爬满了葛。

吃青蛙治愈胃溃疡，是一种传闻，也只是饭后茶余谈资。我也无从考证，不得当真。

可葛源人种葛是真的。葛源种葛如种番薯。

中国人对植物的认识，如对身体的认识一样，古老深入，源远流长。《诗经》有《葛覃》："葛之覃兮，施于中谷，维叶萋萋。黄鸟于飞，集于灌木，其鸣喈喈。葛之覃兮，施于中谷，维叶莫莫。是刈是濩，为絺为绤，服之无斁。言告师氏，言告言归。薄污我私，薄浣我衣。害浣害否，归宁父母。”我读的时候，便想起了山谷之中，卷席一般的绿葛。深秋了，葛叶凋谢，藤蔓枯黄，乡人开始割葛藤挖葛根。“为絺为绤，服之无斁”。穿葛布织的衣服，穿葛藤编的鞋子，从来不会厌倦。

葛布织的衣服，我没见过。我揣想：织葛布和织麻布，是差不多的，都是提取植物的粗纤维为布原料，浸泡、槌丝、团丝、纺织。葛藤鞋，我是见过的，比稻草鞋耐穿，比棕丝鞋更养脚。棕丝鞋虽然耐磨，可太粗糙，脚背脚凹脚踝的皮肤，都会磨出生血。镇里有一个打鞋子卖的人，板壁上挂满了草鞋、棕丝鞋、葛藤鞋。他坐在门店的角落里，腰上扎一条麻布围裙，留一撮灰白的胡楂，打鞋子。凳子是长板凳，一端有一个箢爪，用箢爪拉丝编绳线。一个三角形的转轮，在手上，呼呼地转，把葛藤丝转成线圈。买草鞋买棕丝鞋买葛藤鞋，都去他那儿。

夏秋季，男人除了光脚的，就是穿打鞋的。打的鞋子，透气耐磨，价格低廉。现在有一个词，形容底层的，叫草根。草根出身，草根人物。在物质贫乏的年代，谁说这个词，估计会被人当二百五取笑——头低下去，哪一双脚上，穿的不是草鞋啊。古人不说草根，也不说平民，说布衣。布衣，布以名词动用解，穿粗布衣服的人，说得书香气十足，形象贴切，但不会让穿粗布的人自卑。汉·桓宽《盐铁论·散不足》：“古者庶人耋老而后衣丝，其馀衣麻枲而已，故命曰布衣。”粗布，也就是葛布麻布棉布，而不是蚕丝布貂裘。诸葛亮在《出师表》里说：“臣本布衣，躬耕于南阳，苟全性命于乱世，不求闻达于诸侯。”一介布衣，并不失去自己的雅气和胸怀。布衣之交，如清泉。

下雨了，穿在脚上的葛藤鞋，脱下来，翻下鞋跟头，挂在锄头上，用一张芋头叶盖着回家。葛藤浸泡槌丝，比麻还白。

《诗经》在《采葛》又说：“彼采葛兮，一日不见，如三月兮！彼采萧兮，一日不见，如三秋兮！彼采艾兮，一日不见，如三岁兮！”那个采葛的人啊，一天没看见，好像隔了三个月，教我如何不想她。一个年轻的姑娘，在初夏，提一个篮子采葛花，轻唱着河边的歌谣，怎么不教人动心呢？

虽是一首情诗，也可见二千年前的民俗。葛花入茶、入食、入药在我们的文明起始年代，已经有了。南方仍有这样的传统。但采葛花的人，都不是年轻的姑娘，而是耄耋之年的老阿婆。年轻的姑娘去了城市的工厂，去了霓虹灯闪烁的地方。她们出门的行李里，不会忘记带一包葛粉。上火，泡一杯喝。失眠了，泡一杯喝。想吃蒸肉了，用葛粉当米粉用。

葛粉来自葛根。葛根是葛的茎块，从地里挖上来，放在河里洗净、槌烂、机粉、过滤、沉淀。沉淀下来的，白色淀粉叫葛粉。挖葛根，是重体力活，比挖番薯累多了。葛根深入地下三五米，最深的达十几米。根越深，葛根越粗，有时一天只能挖一根。一根挖出来，抱在手上，几十斤重。我有一个教书的同学，在工资每月不足百元的年代，他一年卖葛粉赚几千块。有一次，我在他教书的村庄看见他，我和他握手，他的手掌树皮一样。我说，板书的手怎么像做砖块的手呢？他说他挖葛根，入秋了，每天放学去挖。我说不出的感慨。一个教师，为了改善生活，挖三个月的葛根，是时代之罪。

有一种虫蛹，在饶北河一带，叫尿床狗。孩子尿床，吃三五十条尿床狗，孩子绝对不尿床。尿床狗白白胖胖，像蚕蛹，炒菜的时候，油爆熟了，把虫蛹用热油爆几秒钟，铲上来，白口吃。尿床狗寄生在葛根里。挖葛的人，把葛根挑回家劈两片，掰开找尿床狗。尿床狗蜷缩在腐殖里，一副睡不醒的样子。用筷子把它夹出来，积在碗里。上饶市菜场到了冬天，也有人卖尿床狗，一个碗摆在地上，十几二十条，五块钱一条。我每次见了，都全部买。我给我安安吃，他浑身哆嗦。我村里孩子有尿床症，从不看医生，捉尿床狗给孩子吃。我祖父用它泡酒，他说“这是比人参好的东西”。

第一次听说葛粉蒸肉，比米粉肉好吃，是在1997年。我同事从葛源采访回来，兴冲冲地告诉我，第一次吃葛粉蒸肉，味道好得没法说。我第二个星期，去了葛源。朋友杨朝雪在当地工作，见了我颇感意外，以为我还有什么重要事托办。我说：“坐了半天多时间的车，就为了吃葛粉蒸肉。”杨朝雪蒸了一笼上桌，说：“热吃，冷了会板结。”我也顾不上答话，埋头苦干吧。

我家里有两样东西，永远不会断，哪怕断米断油，我也不会断葛粉和蜂蜜。“葛根内含12%的黄酮类化合物，如葛根素、大豆黄酮苷、花生素等营养成分，还有蛋白质、氨基酸、糖、和人体必需的铁、钙、铜、硒等矿物质。”（引自百度词条）自古以来是养生的上品。有一次，我和徐鋆、饶祖明去宁波，当地朋友喜欢喝酒热闹。他说：“喝了酒，喝一杯葛羹，很快醒酒。”我说：“哪有这么神奇的葛粉，我都是当芡粉烧菜的。”他用拳头打我，说：“你生在了一个好地方，你在暴殄天物啊。”我说：“回头给你寄来，管够。”也算我狠，寄了十二斤。

去年冬，我一个朋友，口腔疱疹造成口腔溃疡很厉害，吞咽不了食物，喝水都成了问题，看医生也不见效。我把自己三十年的陈葛粉，快递给朋友。并把怎么泡葛粉、怎么调蜂蜜下去的流程图发给了朋友。过了一个星期，朋友的口腔溃疡愈合得差不多了。我这样说，不是说葛粉有这么灵效，但葛粉泻火气，解毒，补充元气。葛粉存放时间越长，解毒能力越强。

葛粉不溶解于水，会沉淀，以至于葛粉生产不了饮品。葛粉主要是调羹喝。当然这是以前的事了。横峰在十余年前，和科学家合作，解决了淀粉沉淀的难题，生产了一种叫“葛佬”的饮料。北京的单听零售价格，是横峰的四倍，还常常断货。可惜的是，“葛佬”添加了糖分，我不爱喝。

辛弃疾在《水调歌头》言：“无穷宇宙，人是一粟太仓中。一葛一裘经岁，一钵一瓶终日，老子旧家风。”

每每读之，我便想到郁郁又豪放的词人，在上饶带湖生活，看见带湖四周的野葛，不免觉得人如粟米。亘古的苍生其实一直活得艰难且渺小，一葛一裘，一钵一瓶，是人活的常态，也是一种活的境界。人如草芥，但愿如葛。

时间的背影

到骑楼街已是正午时分，街上的行人略显稀疏。两个老人在下棋，三个老人在看棋，坐在矮板凳上，手捧热茶。其中一个下棋的，戴着老花镜，前额凸出来，围着白色的长裙布，像个刚刚放下活儿的老式糕点师。廊下，几个小孩在追逐，朗笑声像一群游过的鱼吐出泡沫。一个年长妇人在门檐下洗平底锅，清洁球磨蹭，“嚓嚓嚓”。作为海口最古老的街道之一，骑楼街与阳光交织的清寂，成了繁华都市一个模糊不清的底纹。午餐安排在街口右边小巷里的林记酒店。

这是一家老字号酒店，吃传统的马来菜。酒店上下两层，一楼是马来文化和海南文化展厅，二楼是餐厅。我站在二楼后边阳台上，看见不远处的大海有船舶在缓缓移动。椰树和槟榔树顺风摇曳。宽阔的马路上，汽车在奔驰。阳台下，是一个深挖的大工地。吊机和挖掘机像巨大的螃蟹，盘踞在深坑里。酒店临街，却没有嘈杂。木质的楼板给人一种悬在原始部落的错觉。据说，老街有各种风味的南洋美食和小吃，许多味觉膨胀的人会过江鱼一样，聚集而来。当然，我可能是属于那种搁浅的鱼，山区人的秉性更习惯于吊汤、煲肉、爆炒，对糕点、咖啡、海鲜还没有足够顺畅的肠胃来适应。肠胃对食物的蠕动，相当于人对生活的一种消化。在来海南之前，一个画家友人对我说，一定要到老街去看看，它是二十世纪民国时代文化的标本。他说，他在老街写生，每年去一次，一次半个月，已经连续十三年了。他从木柜里，他抱出几百张写生和素描稿，给我看。有坐在花岗岩石门边喝老爸茶的壮年汉子，有卖槟榔的货店，有切叶子的黎族少女，有茂密的橄仁树，有街角酡红的斜月，有悠闲的黄昏时分漫步，有牵手的情侣拐过街角……“骑楼街。”他自言自语地叫了声，说，“不一样的骑楼街，但都是一样的过客。”

我把去骑楼街当作进入海南这座孤岛天堂的大门。老街建于二十世纪二三十年代，由华侨和当地商人兴建，主要有胜沙路、新华路、中山路和周边里弄构成。里弄小巷的房子是深宅，街面房子是两层或三层“南洋殖民式建筑”，外延阳台另有廊柱支撑，形成内街，成了人行走廊。外观上，楼房像是骑在街面上，在窄窄的街道两旁，形似于苗族人的吊脚楼。我问了几个老人，这种建筑样式缘起是什么呢？有老人说，是楼主可供小孩或妇人在楼上玩耍又俯视街面的好地方。也有老人说，海南多雨多台风，有一条内街，行人可以防备突然来临的风雨，也有一个相邻亲友落座喝茶的地方。我回家后，查了资料，才知道骑楼街是岭南标志性建筑，与北京的四合院、上海的石库门齐名。

骑楼都有华美浓郁的西洋古典情调的屋顶。有圆形的外墙柱，方格窗，两个斜边的盖瓦屋顶，落地圆形的中开大窗。我在友人的画室里，把骑楼街想象了很多遍，似乎每次的想象都近似于逼真。一条风袭雨蚀的老街，街口有一个丁字路口，街中有一个十字路口，有老式柜台的

“中央银行”，职员穿黑色的西服，白色衣领上扎一个黑色的蝴蝶结；布匹店丝绸店，一家连着一家，楼上是定制的裁缝店，裁缝师傅戴着老花眼镜，穿大褂，拿着尺条和长尺给客人量腰围、肩宽、身高，窗外是一丛红红的三角梅；咖啡厅在街口拐角处，有一扇落地笨重的大木门，木门用桐油上色，粗大磅礴的毛笔字“福山咖啡”有字边的鎏金，小伙子在晕黄的灯下一边磨咖啡一边回想着昨晚在椰树下约会的情境……骑楼上，穿旗袍的妇人正在听留声机，或者和一个亲密的人在细语轻言。绿邮差骑一辆轻便自行车，在人群中快速地穿行。刚刚下船的人，带来咸湿的海味，淡淡的海腥气夹裹着飘泊者的帆影，他正是一个被日日夜夜等待的人，他伸开的臂膀是海岸线。后屋的院子里，槟榔像一群发小，挂在树梢，一阵阵的海风吹来，让人突然萌生远赴重洋的念想，远方成了一根缆绳，把人拉走。卖花人提一个藤条篮子，戴贝壳项链，篮子里的鲜花有玫瑰也有华石斛兰花，饱满的露水在花瓣上闪射晨光。白色的是椰子糕，黄色的是粽子，彩色的是娘惹糕，小巷里的糯米香被一阵蒸汽送来。夜间，整个街上闪烁着炫目的霓虹灯。

中山路正在做修旧如旧的翻修工程，店铺全部关门。几个旧有的店招牌仍悬挂着：××记粽子店、邮电所、××记布匹店、东印度公司……我走了二十几米，折回来，我觉得不是走在老街上，而是走进了仿旧的影视城。墙面上刮下来的石膏粉尘，一直扑打眼睛。新华路的房子仍是旧房，门框上、屋檐下，有一层青黑的苔藓，窗户的墙缝里长出矮小的蕨类植物，半黄半绿，整个墙面留有常年雨水流淌过的痕迹，有的石灰整块剥落。街面上交错的电线偶尔停着鸟，忽地又飞走。悬挂在骑楼上墙角的是各种广告牌，××灯具店、××空调、××五金店、××工艺品店、××服装专卖店、××卫浴、××性用品店、新裕大床上用品店、欢欢百货批发店、新世纪文化用品批发行、四海名店、房屋出租、大潮电气、美亚线缆、德力西中国驰名商标……街的两边停满了小车、摩托车、电瓶车，门店前有的竖着楼梯，有的围拢了三五个人在讨价还价，有的靠在门口剔牙。内街里，有人匆匆而过，有人东张西望，有人发傻（一时无法决断是继续逛街还是去别的地方）。我是发傻的那一个。我不知道街的前面还有一些什么样的店铺和景致，或者有些懊悔，老街除了房子老以外，没什么是老的，是一条商业街，物品丰富，商来客往。土生土长的邢先生是一位博学的海南文化通，他穿圆领的传统汉服，说话温文尔雅，在谈到骑楼街时，难掩自豪之情。他说："在民国初期，欧洲在这里驻有八个领事馆，欧亚文化在骑楼街完美地结合了在一起，每个月，都有邮轮定时通往伦敦，海南人也从这里，漂洋过海，在世界各地求学经商。"我"哦"了一声，说："骑楼街相当于上海的外滩啦。"

老街，除了有老房子、老树、老宅院，还要有老人、老家具、老店铺，更主要的是还要有老式的生活方式。老式的生活方式则是老街的灵魂。作为一个匆匆而过的外地人，我实际上是无法深入和认知的。当我站在骑楼街发傻，甚至无法确认自己是生活在哪个年代，茫然无措。是民国初期？是新世纪的商业年代？或许，我看到的是时光渐渐远去的背影，也或许是渐渐逼近的脸孔。

现在，有很多城市都把老街当作一种本土文化的活标本用于保护性开发，修旧如旧，统一规划，建步行街。门牌、门框、窗户、商店标牌的字体油漆木质，砖、楼房高度，屋檐宽度，都是统一的，一看就知道全假，赝品，相当于人造美女。骑楼街大部分还没有遭到"保护性开发"的破坏，但已露端倪，如中山路。但我知道，骑楼街最终会成为"统一规划"的老街，墙面光鲜，门面富丽而古色古香，老街不老。我一个人在街头街角，转来转去，去一些古旧的店铺，如铁器店、布店、小吃店、传统工艺品店，从海腥味中积淀下来的气息，不经意地从角落里散发出来，给人一种触摸感：已然消逝的时光，把温暖的那一部分留了下来，对心灵有唤醒，有慰藉。我们总用“物换星移”和“流年似水”形容光阴的匆匆，当我们在一个特别的空间里，如在骑楼街，时光不是流走的，而是被人带走的，被温润的事物带走的，被不复返的生活方式带走的。时光和一些看不见的隐藏在深处的东西，被一只手抹去。有一块橡皮擦，攥在这只手上，每一天擦去细小的一点儿，慢慢擦，比流水更有耐性，比秋风更不经意，年复一年，把与时光融合在一起的东西擦得一干二净。我们触摸到这些东西留下的温度，实际上，我们眼中含有了时光的粉末或过往的烟尘。

回到我生活的小城，我便开始懊悔，去骑楼街时，为什么不去小巷深宅里客宿一夜呢？吃地地道道的骑楼人家菜，喝大碗的略有苦涩的老爸茶，坐在椰树下切椰子，靠在门口嚼槟榔，听海风一般腥咸的海口话，睡大张厚实的平头床呢？那才是真实的骑楼街。

大地的理想

乙未年距小雪还有五天，我去横峰访友。吴武华兄和史海辉兄均为我多年兄长，慰留我，说：“去乡间走走，有很多好地方。”我说：“横峰来过很多次，大部分地方都看过了。”吴武华兄说：“可以去新篁看看，有好东西。”我说：“二十年前去过，记忆模糊了。”就这样，去了新篁。又不可自抑地去了司铺、莲荷、铺前、港边、龙门畈。冬雨绵绵，大地始终垂降暮色。我却义无反顾地扎入丛林、川峦、田畴之中。似乎那是看不厌的故乡延伸部分，是心脏律动的地方，是遗忘歌谣再次升起的光源之地。既是江南的缩影，又是江南的全部。

起伏的山峦在灵山脚下形成凹陷的皱褶。葛溪河和岑港河，像大地上两条被风吹散的飘带，在丛林间和田畴深处飘忽。在杨桥，我看见葛溪河在冬雨中，浩浩汤汤，像大地开裂处的血液，枯涩的茅草和油碧的灌木，如两团颜料，沿河板结。田野是素白的，冷涩、古朴、稀散的村舍在淅淅沥沥的雨中，让远去的记忆瞬间显影。村舍里，隐隐传来犬吠和鸡鸣。那是灯盏安放的地方，有月亮从水井升起。更远一些，是绵绵的山峦。山峦是馒头形，雨丝垂落，铿绿的树林有艳红的枫树和麻黄的山毛榉潽出来，彼此映照，夺目奔放。开阔的田野沿着葛溪河倾泻，网状的田埂勾勒出田野的筋脉。我想起俄罗斯油画家伊凡·伊凡诺维奇·希施金笔下的《黄昏，雨后》：微红的夕光溢出大地，条状的黑云把夕光分割出斑斓的色彩，低洼里的积雨有了银色，让人感觉到大地轻轻地晃动，裸露的树根和腐朽的树干，一切都是那么古老，稀稀疏疏的树叶透出几分祥和又哀哀的冷色，灰蓝的天空像一块布片盖在树林之上，一只小鸟站在高高的树梢，守着孤独的旷野。

在去港边的路上，因为迷路，走了一条小路，弯弯岔岔，多走半个多小时。因为车子出了故障，停在一个村子里换胎。我一下车，便被村子迷住了。村子叫柯家。里里弄弄，恍若迷宫。池塘里，不时有鱼扑出水花。青翠的竹林在村舍间，汹涌。雨丝从竹叶滴下来，油亮。村外，是疏朗的菜地和浅青色冬田。鹅毛绒一样的青草，在冬田里，多了一份人烟气息。矮山冈的菜地，把山地分出层梯级，矮山冈看上去像一座堰卧的雕刻品。横峰有很多俊美的村子，这是与其它地域最大的不同之处。在莲荷乡的梧桐畈，我到了村口，瞬间恍惚。路边两排柳树，柳枝垂下来，可以想见的是，春风一日暖一日，迎春花还没完全炸开花苞，柳枝芽细细地发青，枯黄的枝条水肿似的发胀、转青，树根的苔藓往上爬，淌出水渍，山樱花在山间飘荡着白雪般的花瓣，柳条葳蕤，暖风拂面，进村的人不自觉地唱起了欢快的歌谣。一座岩石山从柳树梢看过去，像一只猴子蹲在地上。同游的王国浩兄告诉我，岩石山叫鹤山。鹤和猴，在当地方言中，有谐音，会不会是猴的误读呢。有人说，可能在先前的农耕时代，岩石山上的树林里栖息了很多白鹤，因鹤得名，也未可知。在村里，我看见了桂竹林。我问村人："这个竹林，是不是种了十五年左右呢？"答："差不多这个时间。你怎么知道呢？"我说："我看竹子的直径和竹林的密度，就知道了。"桂竹初种，是细细黄黄的，林子越密竹子直径越粗，竹子也越高，高出四层楼，密不透光。桂竹是贱物，挖洞浇水，在冬春皆可移栽种植。桂竹分雌雄，同时把一根竹鞭上的两棵老桂竹一并移栽，繁殖力更强。在所有的竹笋中，桂竹笋是最好吃的，白菜一样羞嫩，萝卜一样爽口，没有青涩味，是山珍中的上品。掰了桂竹笋，桂竹便不再长，杀鸡取卵的事农人是不会干的。梧桐畈村在竹林和樟树、枫树的掩映下，掩藏。村前是几千亩的田畈，在一个平面上摊开，细雨中，素净、灰白的稻茬像是另一种古老的时间。远处的信江已经没有踪迹，一抹依序的树林描摹出河流的形态。

在司铺，探访过山中村庄搬迁后的生活遗址。车上了王家坞水库坝堤，便沿山边草径步行。许是暖秋吧，杜鹃又有了一次花期，零星地点缀在萁蕨等地衣植物。雏菊在山崖下，金黄耀眼。雏菊迎霜，霜冻越寒，花也越绽。水面有白鸥几只，翩翩翔舞。明末清初散文大家王猷定在《螺川早发》中咏道："月落秋山晓，城头鼓角停。长江流远梦，短棹拨残星。露湿鸥衣白，天光雁字青。苍茫回首望，海岳一孤亭。"鸥至雁离，是旅人孤独、人生无常的隐喻。白鸥是迁徙的鸟，但鲜有来中国南方越冬的。早年，我还是孩童时，在饶北河，倒常见，栖息在河滩的枫杨树上，觅食鱼虾蜗牛螺蛳。时隔三十多年，才见到白鸥。它是远去的旧时光，再次带给我。它像一团白雪，炽燃山野。步行约三华里，到了废弃的村子。村子馅子一样包在山坳里，竹林和油桐树在屋后发出呜呜呜呜的风声。小路铺满了落叶和腐烂的植物枝干。几棵柚子树挂着涩黄的柚子。环抱般的山峦，层林尽染，金色的殷红的墨绿的灰褐的树叶，把山体修饰成一幅霜后的时间图。山涧在荒草遮掩的沟渠里，"叮叮咚咚”。有几间瓦屋已然倒塌，成了颓圮。外村借地种菜的农人，把山田垦出来，种上了时鲜菜蔬，大部分的山田还刚刚下了秧苗。山田沿山垄，梯级延伸。每块山田垦出一个水平线，每一块菜地的宽度是一样的，田垄的宽度也是一样的，菜地与菜地也是角对角、线平行线，秧苗是一样高的一样绿的。看起来，像一块绿织毯，露地而晒，甚是精美，令人震撼。可惜，我没看到打秧苗的农人。这一定是一个具备高度审美的人，是一个内心纯洁的人，是一个有灵魂高地的人。我估摸这个农人在年轻时，可能是做木匠活的，菜种在一条线上，像一个棋盘，每块菜地从山田里垦出来，像豆腐箱里压出来的豆腐块。他不是木匠也该是乡村画师。用美学眼光去审视去从事平凡之物的人，是最精细的人，也是陶醉于生活的人，从俗至雅，乃生活大师。

多褶的群山，向北堆叠。横峰北高南低，群山渐渐低缓、消失，有了丘陵地带和莲荷小平原。纵横的河汊掌纹般密布，村舍被河流串起来，如一条藤蔓上的牵牛花。主要河流有岑港河、港边河、新篁河、葛溪河、司铺河、乐安河穿境而过，注入信江，汇入浩渺的鄱阳湖。发源地同属灵山山脉。灵山像一列巨型火车，由东向西呼啸奔驰。水是大地的精魄。畜养精魄的是山塘水库。去一个山坳，拜访一座山，一座水库出其不意尽览眼底，让人短暂晕眩，蛇一样安静下来，沉默无言。在铺前，见黄源水库，便是这样。在姜家畈村后山，一座水坝拦截了一条逼仄的山坞。冬雨后的水雾在山际洇散，水绿得乌亮，山影被风吹出细密多皱的波纹。山峦如眉，青黛的天空呈圆拱形。水和植物混合的气息，从水面涌过来，一下子把人裹起来。我甚至如是想：在春天，在水库边站立一天，人会和豆芽一样，破壳发芽，抽枝发叶。杨朝雪说：“大坝是炸开两边山体，以黏土心墙堆石坝，坝内全是片石，因无污染无破坏和先进技术，载入联合国科教文卫组织，世界罕见。”我说：“你怎么这样了解山山水水呢？”他说：“任职三届县委书记秘书时，走遍每个行政村，走了每个水库，读完了县里的文史资料。在工业园任职时，又读完了地质资料。”他是我老友，他还熟知全县绝大部分中层干部履历。我每次来横峰，都请他带路。他是熟知这片大地筋络的人。黄源水库往左右两条山垄伸进去，像两只岔开的脚。翻过山，便是葛文化发祥地葛源了。葛源的千亩高山梯田，又是另一番景象。梯田沿山修筑，田埂是不规则的弧形，水映蓝天，像翻卷的大海。野花葱郁。初冬的枫树、山毛榉、梓树、栾树、青桐、漆树，和竹林迎接了大地的白霜，野刺梨长出了甜蜜蜜的浆果，山间红遍，到了春天，千亩梯田会是层层叠叠的花海。

乡友告诉我，在梧桐畈将种植千亩荷花，在司铺无人耕种的丘陵地带将建一个大型野生动物园。乡人都充满了期待和兴奋。这是一个贴近大地的构想，一个有呼吸的构想。有此构想的人，是一个有大地情怀赤子之心的人。我们该把大地应有的东西还原给大地，各俊其美、各颜其色、各悦其声、各夺其目、各味其果。

吴兄和史兄的一次慰留，我自己也没料到，两个星期内竟然四次去横峰。去了横峰，我深深自责自己是一个浅薄的人，对身边的大地是那么的无知。我们需要一次次去投奔大地，像雨一样，去熟悉大地的细胞、脏器、骨骼、血液、筋脉。大地是我们的父母，是我们的胞衣，也是我们的摇篮和眠床。任何时候，我们站在大地面前，都是初洗的婴孩。

莲　　荷

莲就是荷。是一种梦一样的植物。它肥绿的圆叶上，水珠被风摇动，滚来滚去，金色的阳光有了绚丽的彩虹。蛙鸣在荷塘里，此起彼伏，让我们觉得每一天的早晨和傍晚，披上了童话的七彩衣。莲又称芙蕖、水华，未开的花蕾叫菡萏，已开的花朵叫鞭蕖，地下茎叫藕，果实叫莲蓬，坚果叫莲子。这是一种古老的植物，多长于淤泥中的水生草本。是中国文化的基本元素。《诗经・郑风》之十："山有扶苏，隰有荷华。不见子都，乃见狂且。山有桥松，隰有游龙。不见子充，乃见狡童。"情爱中的女子，约会心上人，看见满池塘的荷花，心房都被荷花点燃了，可心上人偏偏没来，一个小狂徒来戏谑她，不恼怒才怪呢。《汉乐府》的《江南》是古诗中的名篇："江南可采莲，莲叶何田田。鱼戏莲叶间，鱼戏莲叶东，鱼戏莲叶西，鱼戏莲叶南，鱼戏莲叶北。"江南的莲花开了，一眼望不到边际，青青翠翠的荷叶有无穷的碧绿，男男女女泛舟对歌，挑选意中人。莲花湖里，已经有情侣躲在荷叶下，做了痴男怨女。鱼戏就是男欢女爱的暗喻。这种情境，都是青年人所向往的。宋朝的周敦颐著有《爱莲说》：“水陆草木之花，可爱者甚蕃。晋陶渊明独爱菊，自李唐来，世人甚爱牡丹。予独爱莲之出淤泥而不染，濯清涟而不妖，中通外直，不蔓不枝，香远益清，亭亭净植。可远观而不可亵玩焉。予谓菊，花之隐逸者也；牡丹，花之富贵者也；莲，花之君子者也。噫！菊之爱，陶后鲜有闻。莲之爱，同予者何人？牡丹之爱，宜乎众矣！”莲长于淤泥，亭亭玉立，花艳其上，高洁至圣，让人自惭形秽。

2009年夏季，我女儿骢骢八岁。我带她游西湖。船是仿古的木船，有木廊和八字形斜檐。西湖的荷花开了，肥肥的绿叶遮住了湖面，锦鲤穿梭，亭台悬于湖上。船游荷花间，“嗞嗞”“嗞嗞”，水轻轻拍打船板的声音，像丝竹的弦声。苏堤的杨柳垂下湖面，葳蕤生姿，浪情摇曳。红艳欲滴的荷花盖了西湖，花一簇簇地支在荷叶上，有燃烧的灼热感，放眼望去，像满湖的花灯，乃人间至美。我情不自禁地吟咏杨万里的《晓出净慈寺送林子方》：“毕竟西湖六月中，风光不与四时同。接天莲叶无穷碧，映日荷花别样红。”莲是抗高温的植物，在南方普遍种植，在北方也常见。太阳越毒辣，花开越盛。夕阳下山，晚露渐浓，荷花慢慢收缩，内包起来，花瓣内卷，似沉睡。青蛙“噶噶噶”，胀开它的音鼓，激越地鸣叫。浮在荷叶上的纺织娘，拉起竖琴，凄凄地吟哦。这是夜幕下的音乐会的序曲。主唱是鸣蝉，“吱呀吱呀”，忽而东忽而西，高音部分由夜鹰完成，“呃呃呃”“呃呃呃”，凄厉，如婴孩的啼哭，贝斯手是蝙蝠，“吱吱”“吱吱”“吱吱”。朝霞在天边散开，鸡蛋黄一样的朝阳“咯噔咯噔”升起，荷花吸了一夜的露水，鲜红如染，慢慢绽开。太阳中分，荷花的花蕊完全绽露了出来，绽露出处女第一夜羞赧的微笑。花瓣多为红色、粉红色或白色，有如瓷器的胎釉，摸起来手感柔滑，多属雄蕊，心皮多，离生，嵌生在海绵质的花托穴内。花托即莲房，像少女的香闺。心皮是被子植物特有的器官，是变态的叶，心皮卷合而成的花即是雌花。一支花茎上，有了雄花，心皮卷合长了一支雌花，一同迎接朝阳，一同目送夕下，沐雨浴霜，像一对糟糠夫妻，故称“并蒂莲”。

花立于荷的圆叶上，像一个少女长衣宽袖跳《霓裳舞》，踮起脚尖，衣袂飘飘，迎风而蹈。中国画一代宗师石涛，自号苦瓜和尚，咏荷花“荷叶五寸荷花娇，贴波不碍画船摇；相到薰风四五月，也能遮却美人腰。”把荷花比喻成美人腰，不免也动琴心。温庭筠喜入兰庭，沾胭惹脂，说荷花“应为洛神波上袜，至今莲蕊有香尘”。人奇丑，却细腻，温香惜玉。

国画大师黄永玉，习他的房叔沈从文写湘西风情小说，洋洋百万言，穿老式的毛楂扣对襟衣服，嘴巴不离烟斗，老得连烟斗也叼不动了，抽古巴雪茄。老人晚年，结庐京郊，自号“万荷堂”，长廊围十余亩荷塘。荷花与大师终日相伴，彼此凝思相望。张大千是个有争议的人，为事被人诟病，画荷奇绝。他是泼墨画大师、书法大师，自创“大风堂画派”，为了画荷，在西湖居住五年，天天看荷赏荷画荷，人称“荷痴”。

画荷最出名的是八大山人。《荷花水鸟图》是中国画的经典之作，对后世影响深远。八大山人是明朱皇族后裔，名朱耷，明亡后，削发为僧，疯疯癫癫，说话结结巴巴，内心孤傲。他笔下的《荷花水鸟图》，孤石倒立，疏荷斜挂，水鸟缩着脖子，翻着白眼，孤立于怪石上，冷漠、怪诞、孤傲，对人世冷嘲热讽。他善构图于枯枝败叶、残山剩水、孤影怪石，笔墨酣畅，内蕴邈远。

荷花在南方是普遍种植的植物，北方也常见，在池塘，在山田，碧玉如洗。普遍种植意味着与生活紧密相关。藕和白菜、萝卜、芋头、山药、莴苣等菜蔬一样，四季常食，是家常菜的常见品种。塘藕更脆，纤维也细，孔大，糖分多，粗圆均衡，无污泥味，是藕中上品。藕粉可制作藕松糕，蒸食，不粘牙，微甜，口感烘软，也可直接冲热水调喝。叶、叶柄、莲蕊、莲房可以入药，清热止血。莲心清心火、强心降压，莲子补脾止泻、养心益肾。中国人是很有智慧的，从平凡的植物中，发现对人最大的价值。

莲还是信仰的象征。许是莲迎骄阳而斗艳，出污泥而不染的缘故吧。佛祖释迦牟尼结跏趺坐于莲花台上。大慈大悲的观音，穿白衣，一手持净瓶，一手执白莲，在白莲花上。佛经把佛国称为“莲界”，寺庙称“莲舍”，袈裟称“莲服”，和尚行法手印称“莲华合掌”，“念珠”称“莲珠”。莲是净洁的世界，是上善的世界，是无边的世界，是离俗的世界。

2010年初冬，我去扬州，与友人阙游瘦西湖。荷枯败，枝茎干涸，湖面上，漂着破碎的荷叶。荷叶焦黄，有的发黑。站在二十四桥上，暖阳生出几许淡漠，秋风散去，冬寒已至，枯死的莲荷不免让人悲凉。若是离人在即，或是颠沛流离于异乡，看见败荷残叶，孤鸟栖于枝头，雪花飘零，会作何感想呢？李清照是悲苦的人，国未破，家未散，只是丈夫外出没回家，她就写出“红藕香残玉簟秋，轻解罗裳，独上兰舟。云中谁寄锦书来？雁字回时，月满西楼。花自飘零水自流。一种相思，两处闲愁。此情无计可消除，才下眉头，却上心头。”人活一生，不能过于哀叹命运，命运赐给人的不是绳索就是鞭子。所以，人不能活得过于智慧。有闲情，不如和陆羽一样，早上起来，用木瓢，去收集荷叶上的露水，煮茶下棋，听泉观鸟，生死都不是大事，把一杯茶煮好才是要紧事。

莲与荷，本是一种植物，称呼起来境界却不一样。莲至圣，荷至俗。俗中赏出至雅，即是美学的大师。朱自清在清华大学的池塘边，看见月色泻落荷塘，薄纱般笼罩，写出《荷塘月色》，照耀我们。

莲荷，我说的不是植物，而是横峰县郊的一个乡镇，近邻信江。乙未年冬，稀稀的冬雨中，我像一只野羊，在它广袤的疆域里乱跑。万亩的稻田在雨雾中，瑟瑟肃肃，发白的稻茬让我恍惚，似乎这是江北的平原，冬雪融化之后，植物还在冬眠，酣睡的表情显得意犹未尽，苍茫的大地与空茫的天空直接相连。岑港河穿境而过，枫杨树、洋槐、香樟，伫立河边，古老的身影稠密却单薄，稀疏苍劲的枝杈以祈祷的姿势，伸向高远的川穹。我多次去过莲荷，却知之甚少。第一次去，是在我青涩之年，探访友人。依稀中，去过的村子有大片的乔木林，香樟围着村子，形成一个屏障，不远处的河流吞泻着万古不息的时间。友人已远逝，青涩之年一去不复返。雾气在山冈和树林萦绕。

我揣想：在远古的时期，莲荷是信江流泻而下堆积出来的淤泥区。信江汇聚了赣东的积雨，由东向西，野马群般狂奔，吐出的泥沙淹没了荒丘，千万年，堆积出小小的冲积平原。肥沃的土地，常年积水。狂风把莲子携带而来，发芽，生根，开出莲花，有了漫无边际的十里荷塘。莲子是生命力极强的种子，千年的莲子也能发芽。先民迁徙而来，看见莲花亭亭荷叶连绵，鱼戏其间，脱口而出：莲荷。古老的乡寨依山临河而扎，莲的庇佑，繁衍生息，延绵而至。脱口而出的人，是有慧心的人。他的家中，长年供奉着佛灯。也或许是，先民挑着箩筐，拖儿携女，逃着荒灾或战火，溯河而上，站在岑山顶上，看见一片平坦的土地，在群山的包围中，像一朵莲花盛开。他再也不走了，搭茅棚，种藕养鹅，牧羊放牛。如宋代词人辛弃疾所写《清平乐·村居》：“茅檐低小，溪上青青草。醉里吴音相媚好，白发谁家翁媪？大儿锄豆溪东，中儿正织鸡笼。最喜小儿亡赖，溪头卧剥莲蓬。”

莲就是莲荷人的宗庙。莲花就是我们生命盛开的仪式。

苍翠暖寒山

太阳垒在山崖上，橘红的、薄薄的皮包着浆瓤，像光枝上的柿子。我仰首望了一眼，绒绒芭茅花随风飞坠。在半山豁口，见阔叶林从水库两边的山垄往上收缩，灰绿的色彩涂抹了山野。山底下，是星散的村舍，和馒头般的丘陵。阳光一层层地覆盖，积攒在抚平的原野上，有了匀散的光晕，炫丽、迷离。

两条缓缓上升的山脊，在山尖汇拢。山尖下，有一个椭圆形的山坳。坳里，多苦槠树。沿路的山边、山垄里、山坡上，苦槠树挤挨在一起，形成密林。我想起一个纪录片，讲法国的一个小岛上，传教士登岛时，栽下二十几棵苦槠树，修了教堂，打了水井，放养了牲畜，千年之后，教堂消失了，牲畜消失了，水井还在，苦槠树还有九棵，每到深秋，苦槠满树的粉红，世界各地的游客络绎不绝。牲畜、水井、苦槠、教堂，在我看来，是有深刻寓意的，代表着凡尘、生命之源、自然、信仰。凡尘最易消亡，肉胎最易腐朽。苦槠是壳斗目山毛榉科常绿植物，非常长寿，千年苦槠并不让人诧异。它适应生长在千米以下低山丘地带，叶边锯齿，冬季结棕黑色外壳的坚果，把坚果掏空，可以做成哨子，“嘘嘘嘘”，响彻屋宇。果肉可拉浆做豆腐，山区人常吃，叫苦槠豆腐，麻褐色，有淡淡涩味，麻舌苔。坚果也可炒食，装在口袋里，一边剥食一边走路去上学。

坳里有一寺庙，曰瑞峰禅寺。坳口有小湖泊，枫树正红。枫树高高低低，延落在湖边，红艳如旗。湖面有萦萦水蒸气漫卷，阳光透过树叶，变得稀薄，有摄人心魄的寂静之感。看着环形的山峦，我老想：怎么会有这么多苦槠树呢？我去过很多深山，见过无数的密林，这么多密集的苦槠树还是第一次见到。苦槠树大多手腕粗，还没完全形成乔木林，绿得发黑光泽的树叶，喻示山体的肥沃，和树木蓬勃的生命。这是一种无畏风霜的生命，用尽全身的力气，往上生长，拥挤着生长，刀也不能使它消亡，砍了树干，第二年，刀口处发芽、长枝，过个几年，又蓬蓬勃勃。枣树开花的时候，苦槠也开花，穗状的花，挂满了叶缝，从伞状的树冠披下来，站在垭口，像个畲族待嫁的少女。

茅草在霜后，草茎转红，穗头垂下来，倒伏在湖边空地上。霜已融化，在草茎上，悬滴着，一滴，一滴。这是另一种时间。时间以液体的形态融进了黄土。枫叶也是另一种时间，分割出四季，分割出飘零与归去。归去，是时间的果实。我敬爱的印度诗人在《飞鸟集》里写道：“生如夏花之绚烂，死如秋叶之静美。”或许指的就是这个归去样式。写《桃花源记》的陶渊明，虽说采菊东篱下，却不是一个坦然面向生死的人，读《归去来兮辞》，知道他是个小格局的人，回家种几年田，还说出种种的委屈，所以他成为酒鬼，也不奇怪，一个过于觉得自己冤屈的人，没有道性也没有佛性，茅棚也只是一个蜗壳了。所以，一个人也千万别觉得自己有非凡的才华，即使有非凡的才华也别有怀才不遇的怨恨，人活着，不能有怨恨，有怨恨就会被世人所遗弃。朴素地活、普通地活、默默地活、雅致地活，是活的最高智慧。我们走进深山，看见满山满野的树木，就会明白这个道理。

陈柳问：“这是什么树呢？”在路边一段黄泥墙上，长了一棵青色树皮的树，我们都驻足观看。我们没一个人知道。寺庙里的演昊主持也不知道。我摘了一片树叶揣在口袋里，摩挲地捏。我也不知道是什么树。我说：“这个树叶烧鱼去腥是非常好的。”我知道它是栎树的一种，却不知道是哪种栎。在我的方言中，叫“耳朵锡”。耳朵是叶子的形状，锡是叶子青绿得发亮，像锡箔。我在外乡深山生活的时候，学过很多当地山区人日常生活知识，用青橘子烧鱼，用野花做汤，用竹管捕捉黄鼬，用竹笼捕捉小动物，都十分有趣。演昊主持三十多岁，很是壮实。寺庙里，只有主持一个人生活。山势渐渐平缓，树木却越发青翠葱茏。演昊主持说，这里有五条山垄会聚，像五条龙探出云海，因此叫五龙山，是披云山的主峰，山脊是上饶县枫岭头和横峰县司铺的分界线。林木里，许多杂木已经霜变，树叶或红或黄或浅紫。路边的苦竹纷纷落叶。杜牧写《山行》：“远上寒山石径斜，白云深处有人家。停车坐爱枫林晚，霜叶红于二月花。”这里没有石径，只有灌木林里弯弯曲曲的草径，积满了细碎的树叶。百解藤长在石灰石岩缝里，青碧的藤蔓藤叶盘在石头上。百解藤俗名凉粉藤，开娟白的花，暑气还没消散，结出了筒尖状的果实。我们掏空里面的果肉做凉粉。

野楠席地盘坐，结了满树黑黑的乌饭果。果浆生涩，甜美。山梁的北坡之下，便是枫岭头了。站在山脊上，风自下而上涌。远眺中的灵山，在灰白灰蓝的天空下，像一头酣睡的水牛。苍茫的远山下，人烟在暖阳的熏烘中，呈现出质朴平实的格调。公路上，繁忙的车辆在奔驰，拉着碎石或货物，载着赶集或串村走乡的人——这是生活的绝大多数，是人生的无数几何算式方式。几年前，山脊两边有很多古树，树围环抱，有枫树、香樟、苦槠，被一场荒火烧了。陈柳说："你看见寺庙边的院子，有两根发白的木桩吗，那是火烧木锯下来的。"我说："看见了，比腰身还粗呢。"但我并没看到荒火烧后的遗迹。也或许作为伤口，已经被大地封存，秘不示人。感谢雨水和阳光，它们不会遗忘任何地方，所有的伤口也会被舔舐抚平，完好如初。灌木林再一次覆盖了山体。杜鹃、野楠、野柿子树、山荆、山毛榉、野板栗树、藤萝，在这个深冬，再一次裸露出被大霜清洗了的形态。人各活各态，树也是一样的。这也是自然界的多样性和丰富性。野刺梨在苦竹丛，编织出了一道网状的篱笆，叶子全落了，金黄的果梨处变不惊地悬在刺丫上，要不了多长时间，果蒂变黑、发霉，水分全无，果梨毫不知情地落到地面上，发胀、腐烂，渗入黄泥，好像从未来过这个世界上。这是所有野果的结局。但作为一种生命，它并没完结，它只是消失，而不是结束，它的果核被来年的春雨和暖烘烘的地气唤醒，艰难地吐芽、抽枝，拼尽全身的力量，挤出四周丛叶的缝隙，贪婪地吮吸阳光。

山尖上，搭了一个人字形草棚。这是演昊主持打坐的地方。他有时会打坐一天，有时打坐前半夜。云涛在他眼前吞吐、翻涌。有时他也在山尖伫立一个下午。我不知道，他望见了什么，他望见的和我眼中的是否相同。景物是一样的，能进入眼里的东西是不一样的，因为境界不一样。一个人，在一座寺庙里，生活了十几年，人会多出植物性和自然性，更何况他还是出家人。很多时候，我愿意过一种修行的生活，在家中的窗前，枯坐一个下午，在冥想中独处一夜，在日常里洗去铅华，尽可能地返璞归真。我的世界是一个寂静的世界，这让我的内心充盈。

去过很多深山，仍觉得山离我那么遥远，多少次我触摸到了它，触摸发白的枯枝，触摸它苍绿淌水的苔藓，触摸它灿烂的花朵，触摸它腐烂的浆果，呼吸青草味的空气，纵目远眺翱翔的苍鹰，不由自主地仰望湛蓝天幕中的星宿，每次我都觉得自己是多么轻飘，如山风逝于吹拂，霜露逝于光照。而这次，我似乎与披云山贴得很近，仿佛看见万物的前世，今生，还有不可知的来生。

听听星星的心跳

到了山黄林场，已是下午五点。我站在场部门口，看见院子前十余亩空地，满是灰褐色的荒草，哀哀的，门前几株柿子树、板栗树，树桠上残留着几片深黄深灰的树叶，树下，几个老人正在往蛇纹袋里装晒裂了的油茶籽。场部在一个高山的怀抱里，沿着山边，建了几排屋舍。山梁围着山梁，两条溪流“哗哗哗”，漫不经心地流着。山坡上，苍翠的竹林和墨绿的灌木林，在黄昏时分，滋生出几许旷阔的静默，一棵孤单的枫树，夹杂在林中，树叶有从绿到红的渐变色，更显得不合时宜。

吃过晚饭，我和朝雪兄、王晓峰兄、陈瑰芳等沿着溪流散步。天色完全暗了下来。暗的天色，是一种米灰浆水的颜色，有浑浊感，黏稠的，似乎马上要被冷厉的山风封冻起来。路灯投射下来的灯光，也是灰白的，像风尘仆仆之人的脸色，照在溪水里，有些空茫。溪流夹在窄窄的河道了，漫过巨大的河石，泻下来，溅起白白的水花。黑魆魆的山梁宛如一把打开的手折伞。二十五岁那年，我和邓雯、吴江静来过山黄林场，拜访在林场工作的好友滕云。记得是深冬，上山的公路一直在茅草间穿来穿去，车灯光在山间晃来晃去。茅草比吉普车还高，“索索索索”，茅草扑打着颠簸的车子。不多的积雪压在茅草上，白茫茫。我们是吃了晚饭后上山的。在简陋的招待所一楼，我们围着木炭火炉，喝着野茶。雪霁之后的夜晚，红扑扑的炭火映照着我们年轻的脸。门前高大的水杉，不时落下一团团雪，扑簌簌的响声清脆，像寂寞的烟花。那夜的繁星，是不会被忽略的——生命驿站上的遗址，掩埋伤感也掩埋美好。山峦间，阔大的院子里，都是皑皑白雪，繁星浮在苍穹里。深冬的苍穹低矮一些，海平面一般，在视线里有山梁分割出来的不规则弧线。瓦蓝的，深蓝的。荒野寂寂，鸟声也没有，只有溪流淙淙。繁星填满了高空，镶嵌在我们围炉夤夜的记忆天幕。白雪的反光和星光彼此交织，合奏成一只夜光曲。我们带着暖烘烘的炭火味，在雪地上散步，雪粒在脚下并不碎，而是粘结成饼块，窸窣窸窣松脆的响声可以当作是一种山峦的回声。繁星被海水淘洗，光泽如珍珠。我们沿着院子，一圈一圈地散步。星光落在我们的头上，落在我们衣服上，落在溪流里，落在树叶的缝隙里，慢慢地凝结。我们在深夜的雪地里唱歌。我还记得，滕云唱的是《鸿雁》：鸿雁/天空上，对对排成-行/江水长，秋草黄/草原琴声忧伤/鸿雁/向南方，飞过芦苇-荡/天苍茫，雁何往/心中是北方家乡/天苍茫，雁何往/心中是北方家乡/鸿雁/北归还，带上我的思-念/歌声远，琴声颤/草原上春意暖/鸿雁/向苍天，天空有多遥远/酒喝干，再斟满/今夜不醉不还/酒喝干，再斟满/今夜不醉不还……他的歌声在山中萦绕不散。

也一直萦绕至二十年后的山黄之夜。滕云走了，去了再也回不来的地方。吴江静在南昌。邓雯在宜春。我也外出生活几年。山黄却依旧。

屋舍有的开始破败，林场进行了修缮和维护，却并没什么人居住——是的，离去的人，不再回来，几个不愿离去的人，和树一起衰老。山边的屋舍，在我这个突然而至的夜晚，成为某种远去岁月的纪念馆。

诸友散了，各自回房。我怎么也入睡不了。旅舍的后窗，传来溪流淅淅沥沥之声，碎碎的，仿佛雨声，从屋檐斜斜地飘下——像一个不愿离开我窗前的人，低低的，呢喃似的，要告诉我什么。似乎我是它久别重逢的人，却不曾拥抱，不曾执手相看。我又穿起衣服，一个人走到院子里。水杉落了黄褐的针叶，铺满一地，空空的树杈看起来和一支倒竖的毛笔差不多。一座短桥架在溪流上，水声从不远处的山坳，沿着山边，曼曼妙妙，拐过一个芦苇掩映的豁口，消失了。或者说，弥散了，弥散在深秋的植物了，弥散在冷冽的空气了。于是，水声有了冰的况味，凛凛的，易碎裂的。天边有了几颗冷冷的星星。星光毛绒绒的。

有几只蜂箱摆放在紫薇树下。紫薇树完全没了叶子，黑黑的籽零星地挂在上面。下午下车时，我就注意到这些蜂箱了。蜂箱顶上铺了一些稻草，箱口前死了几只蜜蜂。春暖花开时，这里是繁忙的世界，“嗡嗡嗡嗡”，蜜蜂忙于采蜜和繁衍。寒冷的深秋，蜜蜂没有了，只留下了空箱。傍晚时，我问老人：“有蜂蜜吗？”老人说：“今年阳光少，蜜蜂早早死了，哪来的蜜呢。”我很是失望。星光冷冷地照耀。天空清明了起来，薄薄的清辉似乎是被风吹送来的。树梢上、瓦楞上，星光更像是一层霜。星空下，万物皆是渺小和短暂的。

在很多深山顶上，我夜宿过。在怀玉山、在松阳、在恩施、在瑶山、在灵山，我都夜宿多次。山，是大地高耸的草垛。而山黄，我觉得是最接近星星的地方。山黄是横峰县东北部的一座山中小村落，隶属新篁乡，海拔并不高，星星只有零星的几颗，也许其它的星星都被人摘走了，剩下的这几颗，去看守广袤的穹宇。穹宇是时间的恒河，浩浩汤汤。我想起王维的《竹里馆》：“独坐幽篁里，弹琴复长啸。深林人不知，明月来相照。”其实，在上山的路上，我就想象着这个千年前的人，想他应该是个素食者，穿白长袍，书童背一架长琴，拿一个小锄头，提一个竹篮，跟着他在竹林里，漫无目的地转来转去，在溪涧边采兰，在潭前观瀑，在夜间听竹涛。我沿着溪边踱步。溪边几株皇菊幽暗地盛开。

摸摸头发，有湿湿的露水。我返回到房间里，熄灭灯，静静地坐在床沿上。稀薄的星光，荧荧地从竹稍流下来。溪水仍然不疾不徐地碎响。窗棂上、瓦檐上、树林里，有星光撒落下来的沙沙声。在我听来，那似乎是星星的心跳。那么美好那么伤感，令我一夜无眠——很多相似的情境在某一个自己毫无防备的时刻，会随着星光一起降临，让自己和曾经的自己相遇，和故人相遇，和一座遥远的星空相遇，恍如暗夜遇见的昙花，逝水流年，何谓永夜，心中滋生出几缕慈悲。

新篁的蜂蜜

中午吃过饭，王晓峰说，带我去看老房子，十来栋，泥房子，朴素的黑瓦，很有意思。我看过很多老房子，对老房子没有兴趣。他又说，那里有原始的河道，和油桐林，油画一样。从白果村的隘口而下，走了几分钟，车子停了下来。沿一条泥滑的步行道下坡，我看见了古树群，是枫树和樟树。枫树叶正在褪色，还没完全变红，黄褐的叶面像麻脸。樟树几乎遮住了半边山垄。几栋泥墙黑瓦的房子打盹似的隐在树林里。山垄里的一栋房子，院子前堆着油茶籽，一个五十多岁的妇人围一条粗布围裙，坐在椅子上，用畚斗分拣油茶壳。我拐过一个三角形的菜地，到她院子里，两条狗汪汪汪，狂吠不已。她的廊檐下，挂着六七个圆桶蜂箱，用棕布包着。我问妇人："大姐，我可以进去看看吗？"妇人笑起来，说："来，来，乱了一些。"我说："你有蜂蜜卖吗？"她说："这个时候哪会有蜂蜜卖呢？今年阳光不是很足，蜂难采蜜，前两个月刮了十几斤蜜，刮下来被人等着要走了。”我说：“我去了很多户养蜂人家里，都没蜜，你这么多桶蜂蜜，还会留一些吧。”妇人嘿嘿笑起来，说：“有两斤给亲戚的，不卖了。”我进大厅，说：“分一些给我，好东西大家吃。”她又嘿嘿地笑。她脸有些圆，笑起来，像向日葵。这是一栋木质结构的瓦房，壁板是老杉木，油黄，大门、门槛、楼板，也都是木质的。妇人从厢房里，端出一个青瓷缸，给我看，说：“你尝尝。”我用勺子舀了半勺，入口有粗涩感，微苦甜腻。我说：“好蜂蜜，难得的好蜂蜜。”她把青瓷缸端进厅堂，迈出厢房门槛的那一瞬间，我已经确定它是好蜂蜜了——一股植物的青味很浓烈地散发出来。蜂蜜黏稠，勺子舀起来，透亮，拉丝，深棕色。

之前，在山黄和阳山，看见好几户人家，在廊檐下，在门前的树下，挂着圆桶或摆放木箱，用棕布封着箱口，养蜂。他们不是专职的养蜂人，养一两箱、三五箱，给自家和亲朋好友吃吃，和养鸡养鸭差不多。我问了好几户人，都没蜂蜜。我爱蜂蜜，甚于爱书籍。无论去多远的地方，只要是进山，我的第一件事就是寻找蜂蜜，只要能喝到土蜂蜜，再远的路，我也是愿意走的。乙未年初秋，去恩施州咸丰县，我和徐鋆去了很偏远的黄金洞乡，我买了小板栗、笋干、核桃，街上有快递代办点，快递回来。快递员是一个三十来岁的女人，瘦瘦的脸，穿一件浅红的运动服，笑起来像一条红鲤鱼。我问她：“街上有土蜂吗？”她说：“街上没有，深山里有一个瘸子，养了十几箱，半个月赶集一次，带来卖。”我说：“你打电话问问，我在这里等他。”她哈哈哈，取笑我说：“瘸子走这里起码三个小时。”我说：“四个小时我也等。”她说：“人家还不一定有呢，山里都霜冻了，采不了蜜，等冬蜜刮出来才有。”我留下快递员电话，说：“你问问养蜂人，要留蜜给我，一定要不掺糖的土蜂蜜。”回到家里，我给快递员打电话，问：“有没有冬蜜呀？”她咯咯咯地笑，说：“你神算了，昨天我把蜂蜜要来了，要一百元一斤呢。”隔了四天，收到黄金洞的蜂蜜了。我把小孩叫到桌前，说：“拿勺子来，我们一人吃一勺。”蜂蜜和猪油冻起来相似，浅白色，板结。小孩吃了一口，叫起来，说：“太甜了，从没吃过这么甜的蜂蜜。”我托着蜂蜜罐，像托着一座深山。

吃过很多种蜂蜜。野黄蜂、沙蜂、黑蜂、土蜂，它们各自酿的蜜，味道都不一样。我们常见的蜂蜜，是工蜂酿的蜜，根据各季的花不同，酿的蜜也不一样，有槐花蜜、紫荆花蜜、荞麦花蜜、油菜花蜜、桂花蜜，大部分是混合花蜜。在读初中时，我在想，如果升不了学，去做一个养蜂人。拉着笨拙的黑黑的蜂箱，追寻着阳光和花朵，沿着季节的七彩飘带，在大地的深处漫游。在大地之上，他仿佛是一个寂寞的土司，油毛毡棚是他的宫殿，一个个蜂箱是他的城池。他是见过彩虹次数最多的人。他又是一个博物学家，在峡谷、在河滩、在平坦的川峦，戴一顶斗笠，脸上蒙着纱巾，辨识每一种开花的植物。他是知晓大地和节气秘密的人。他把花朵的精华带给每一个人。他把每一个异乡当作自己的故乡去热爱。养蜂的人，是一个心中没有仇恨的人。

下了坡，我问王晓峰：“这个小村，叫什么？”他说：“叫乌石头，村里的每一个石头都是乌黑的。”坡下是新篁河。河床并不宽，但水流湍急，清澈的激流漫过滚圆的河石，飞溅起浪花。河道是原始的河道，河的两边压着茂密的芦苇和芭茅。正是芦苇开花之际，颀长的芦苇杆抽出一穗花束。花，浅灰色，在冷风中低垂，摇曳。两边的河岸，茫茫的一片芦花，迟暮时分，有一种苍凉。对面的山坡上，是高大的油桐树林，间杂在乌青的杉树林。油桐叶还没有变色，也没飘零，还是油油的，绿绿的。山深秋早，可油桐并没因此更替色彩。当地人称油桐花为五月雪。五月，杂树生花，堤岸、田埂、地头、墙角，各种野花铺满了村坞，油桐也开花了，粉白粉白，油油的，拳头一般大，挂满了每一个枝桠，整棵树缀满了花朵。整个山坡也缀满了花朵。油桐树属大戟科，落叶乔木，树皮灰色，枝条粗壮，叶卵圆形，花期长达三个月。油桐与油茶、核桃、乌桕并称中国四大木本油料植物。油桐树适合在海拔一千米以上的地区种植，不喜严寒，是南方常见的树木。在房前屋后，在水库边，在峡谷，在墓地，我们常常能见到它朴素憨厚的身影。它也是一种低贱的植物，在地头，它一晃眼长了几米高，我们用刀砍它，留了一个兜，来年发出好几株苗，又长出四五米高。它的叶子像猪八戒的耳朵，肥肥的，厚厚的。它的花油头粉面，叶没长齐，花端坐高枝，蜜蜂“嗡嗡嗡嗡”，离不开它。蜜蜂像一群小孩，油桐花像卖冰糖葫芦的货郎，小孩围着货郎团团转。

乌石头村，各家各户都挂着圆桶蜂箱。这是我在其它任何地方都不曾见过的。他们不是游牧的放蜂人。他们在家门口，守着日升日落，守着月圆月缺，守着新篁河两岸的四季。新篁河也带走他们的四季。门前菜地堆着潮湿发黑的稻草垛，轻轻飘落的枫叶，慢慢回旋，被风吹进河里的漩涡。树叶被水冲走，没有冲走的，腐烂在积洼里。此时，下着毛毛细雨，绒毛一样，淡薄晕黄的日色夹杂在云块里，凝滞的雨云笼罩在峡谷的上空。王晓峰说，在平港，还有一户人家，依田埂搭茅棚，挂了十几只蜂箱，给野蜂安家呢。我又急不可耐地去看。

蜂是膜翅目昆虫，以植物的花粉和花蜜为食。它对生存的自然条件比较挑剔，对农药和杀虫剂很敏感。新篁是它的天堂，崇山峻岭，草木茂盛，野花繁多。我走在河边，觉得这个乌石头村是乌托邦。飘下来的天色，看起来，仿佛撒落的灰烬。被细雨洗过的树林，格外清新，明净，比其它季节显得更疏朗，村子更有了朴素的庄严和神秘。

葛溪，葛溪

深冬晚雾垂降，灰白的雨星一层层蒙浥，山冈宛如一艘艘乌篷船，浮出阔叶林的斜影。青黛色的，南方延绵的山峦，被一条缓缓流淌的河流收紧。清疏的田畴尚有嫩黄的草芽冒出。我站在青板乡徐村周家桥上，溪流哗哗，从上游的河湾，如一群奔牛，突然回头，返身向西而回。樟树林在岸边空阔地，远远看去，形成一道墨绿的幕帘。在古老的记忆中，这道幕帘，是南方河流精美的发饰。河湾是个半弧形，在灌木遮掩的黄昏，葛溪几许冷涩和肃瑟，让我觉得天空是充盈在毛玻璃器皿的液体。雨积在晚雾，湿漉漉的，树叶有水滴慢慢滑落。这是时间的沉默表达。低矮的、游弋的、渐黑的黄昏，假如这时岸边有一盏灯亮起，烛火摇曳，那么点亮这盏灯的人，是我亲爱的人。

在葛溪河边，我走了几天，每天都遇见了送葬的队伍。他们戴着白帽和长头巾，低着头，拉着黄黄的稻草绳。他们沿葛溪，在田埂路上，沉默地走（或许，有人在暗暗抽泣，但我并没听到——抽泣声被细碎的冬雨扯散，细碎地撒入了封冻的泥层），走得比河水还慢吞吞。白汤汤的河水，只是千万年始终“哗哗哗”地流。前日，读到我喜欢的诗人颜梅玖诗歌《与死者密谈》：“……你沉默着，带着动物性的忧郁和冷漠/波浪起伏不意味着永生/波浪平息不意味着永死/岁月空虚。我扮演了我自己的替身/我太入戏。以至于替身消失时/我不得不追随他而去。”甚是哀伤。我边读边想起了葛溪边送葬的队伍。——人面对任何的事物，只有在面对一条河流时，会显示人绝对的渺小，人如砂砾，被茫茫溪流淘洗，这样的渺小是因为河流的绝对强大。河流就是亘古的时间。同样，临河观水，人亦是绝对的孤立无援，生命的繁衍不息，我们作为其中一环，也只是河水的一个横切面。北宋诗人、政治家王安石，于皇佑二年(1050年)，从临川去钱塘，途经葛溪，宿驿站中，秋声扰攘，悲从中来，作了《葛溪驿》：“缺月昏昏漏未央，一灯明灭照秋床。病身最觉风露早，归梦不知山水长。坐感岁时歌慷慨，起看天地色凄凉。鸣蝉更乱行人耳，正抱疏桐叶半黄。”残月秋夜，漏寒露早，梧桐潇潇，山冷水长，葛溪渺渺，不免忧郁悲凉。

葛溪是横峰主要水系之一，发源于磨盘山山脉下的葛源清源溪，终汇鄱阳湖。磨盘山山脉系怀玉山山脉的余脉，位于灵山西北部。我多次问乡人，青板乡因何得名呢？有人说是葛溪上有青石板桥，有人说青山多板栗树。在徐村，临上德公路，几年前，仍有古码头旧址，村里乡邻还在码头的石埠上，洗衣洗菜，下河摸鱼网虾。青石板桥已不存在了，在老一辈人的记忆中，却一直横跨在河湾上，在樟树洋槐的掩映下，驮着南来北往的乡客。或许在更为久远的农耕时代，葛溪是一条更为宽阔的河流，河水滔滔，两岸青山的倒影在漂移，作为深山区的磨盘山人，灵山西北部脚下的世耕人，葛溪是唯一通往外面世界的水路，把茶油、茶叶、蘑菇、笋干、薯粉、葛粉、药材、毛皮等山货，装上木筏，沿河而下，进入信江，送往江南名镇河口，分散世界各地，也把食盐、布匹、纸墨、瓷器，带回山里。和岑港河一样，葛溪也是横峰的水上“丝绸之路”。在春夏雨季，山中的木材毛竹，扎成伐，顺水而下，到信江边的码头上实物交易生活日常用品。葛溪的码头便多了去往异乡的人，茶客、进京赶考的人、流徙的异乡人、闯荡世界的人，上了青石板桥，望望青山如黛，山峦如眉，天空瓦蓝，浪荡的人有了惆怅的乡愁。我在葛溪边纵目远眺的时候，想起了沈从文的边城世界——沱江。沱江两岸挂满了灯笼，月碎江水，翠翠在唱着山歌。葛溪沿着山谷两边的狭长地带，静静地蜿蜒，葱绿的阔叶林时而稠密时而稀疏，浓淡的江南写意有了雅致的境界。峰峦竞秀，溪水如洗。

好友黑陶写《塘溪》：“夏夜多美。飞动的萤火，流泻的星，世界充满了清凉、纯蓝、裂冰似的移动碎光。”我没有见识过葛溪的夏夜，想必也是溪水滑动，萤火如织。我多次途径或溯游葛溪，脱口而出的是《诗经·蒹葭》：

蒹葭苍苍，白露为霜。所谓伊人，在水一方。
溯洄从之，道阻且长。溯游从之，宛在水中央。
蒹葭萋萋，白露未晞。所谓伊人，在水之湄。
溯洄从之，道阻且跻。溯游从之，宛在水中坻。
蒹葭采采，白露未已。所谓伊人，在水之涘。
溯洄从之，道阻且右。溯游从之，宛在水中沚。

这是人生美好而艰难的境界。是我们存活在这个世界的一个梦境。这是生命的全部奥妙。孔子以河流喻时间：子在川上曰，逝者如斯夫。

这是哲学。河流是繁衍，是生物学。河流是繁杂的街市，是社会学。素练的葛溪，沿溪流而下，在每一个开阔地，散落流光的村舍。葛溪，使我们的生命得以发育。

记得多年前，有一次从青板乡沿山道去葛源，下了山，见一片乔木林郁郁苍苍，葛溪从一个小村子隐约而来，夕阳斜照，斑驳的光线泻于林间，我下了车，沿河徒步慢走。暖阳晒在肩上，村子的屋舍没入阔叶林里，院子的墙垣开满了蔷薇花。我始终没有忘记这个情境。乙未年冬，肖建林陪我溯游葛溪，时值清冷冬雨之后的下午，葛溪有些苍寒，落叶的乔木生出几分肃穆和苍劲。深岁水寒。作为一条生衍不息的河流，葛溪始终不曾改变的是那种葱郁中透出沧桑的雅姿，这是一种格调。

忘川之河，格调之河。葛溪，我们的蓝印花布。

绿树村边合

下了磨盘山，到了崇山村，我想起了一生求仕而不得的孟浩然。居襄阳，做个田园诗人多好，干吗去求仕呢。他写《过故人庄》：“故人具鸡黍，邀我至田家。绿树村边合，青山郭外斜。开轩面场圃，把酒话桑麻。待到重阳日，还来就菊花。”正合了此番的景致。山里的菊花开得缓，也凋敝得晚，水坑边、田埂上、山地角、岩石缝，有野菊淡淡开放，不为人知地开。野菊是金盏菊，铜钱大的花朵，慢悠悠地开在了寂寞的山野。山野是一壶水，菊花漾漾地洇出金黄色水渍。

四周的山梁，仿如漏斗，豁开一个口，有了关隘。关隘峻峭，流水飞溅而下，飞瀑如雷却落于山下，沉默于山谷。在关隘往山下看一眼，群山锁闭，天空空茫，莽莽林涛埋着起伏的炊烟。烟雨如晦，白扑扑的芒露在山梁不散。流水自山谷而来，浅浅清清的涧溪跌宕在涧石和砂砾间。涧石是麻石，被水洗圆，像弥勒佛滚圆的肚皮。砂砾白色，在溪水中莹莹闪光，米虾藏在苔藓里，像齐白石滴在纸上的一滴墨水。水中的苔藓，我们不叫苔藓，叫青黝。黝给人光滑的触摸感、清凉感，是人体触觉的一个外延。苔藓是一种旧时光，岁月沧桑不免让人感慨，年华易逝，若是在异乡漂泊多年，看见家中门槛长满苔藓，那种况味，无疑与见了母亲满头白发相似。青黝是死可复活的，干枯了，浇几次水，又黝黝地发青了，是永远也不会苍老的。我们完全可以这样祝福自己：像青黝一样活着，卑微，但无畏风雨。

屋舍依山顺溪涧而筑，古老的房子还在，木结构，门板厚实，泥瓦全黑了，风吹来，似乎有“当当当”的急奏声。村口的石拱桥，仿佛是醉卧的下弦月。作为一个无家可归的人，月亮是可以随处安歇的，但它习惯了流浪，习惯了枕涛而眠。到了崇山，它不想走了，提着酒壶，唱叮叮咚咚的歌，找了一棵老树，卧了下来。石拱桥是麻石桥，地衣植物和藤本植物，贴着桥体，葱油地长。屋舍后面，是灌木遮蔽的山。院子是石砌的矮墙，黑黑的，呈半弧形或四边形。墙缝有指甲花或野蔷薇盛开。素净的院子，是乡邻搬到户外的厅堂，夏天，萤火流曳，星光倾泻，相邻的人聚在院子，喝着山茶，说杂七杂八的闲话，说起村里漂亮的女人，不觉间，夜已深，明月西斜。星斗在院子里敞开了天空的帐篷，院子像敞开了的心灵。小孩在竹床上酣睡了，老人在长条凳上打瞌睡了。矮墙上的盆景吊兰，垂下了卷曲的花枝，幽暗地送着香气。夏暑，敨开竹卷席，翻晒新稻谷，黄黄的耀眼，饱满的谷粒让人不自觉地站着，傻傻看着，嘴角露出不易察觉的微笑。王维写《新晴野望》：“新晴原野旷，极目无氛垢。郭门临渡头，村树连谿口。白水明田外，碧峰出山后。农月无闲人，倾家事南亩。”村人蹲在院子里吃饭，把整个煎辣椒夹进嘴里，把整个油淋茄子夹进嘴巴，只有嘴巴鼓鼓的，才能体现那种丰满的喜悦。傍晚了，在溪涧里洗澡，顺带的，在水草里摸几条鱼回家做下酒菜。没有鱼，摸一盘螺蛳回家，也是一样的。

沿涧溪逆流而上，山路是一条古道。古道是一种不会腐烂的肉体。来来往往的南北客，沿古道翻过山梁，再下一个山梁，便是上饶县望仙里，再沿峡谷走一个时辰，是我的另一个胞衣——郑坊，我在那儿出生，并度过青少年。古道是石砌的步道，河石和片石依溪涧而砌，旅人和货客以千百年的草鞋，把石头磨平，油亮的石面隐隐传来雨星的急溅声。给我喝野山茶的老徐，对我说："我去郑坊台湖喝喜酒，一天走来回呢。"这里到台湖，有多少山梁，我是数不清的，要踏多少级古道，也是数不清的。好客的村人，把古道两边砍了芭茅和灌木，带我们走。古道是寂寞的时间隧道，我们走进去，可以看见古人迎面而来，戴着斗笠，褡裢里藏着不多的珍贵货物，船型的草鞋露出粗大的脚趾，挽起的裤脚被露水沾湿。梯级的山垄田像一件补丁百家衣，晾晒在山谷里。迎客松和枫树，在山崖上，恰逢时宜地拔地而起，让疲惫的过客有了感怀的温暖。

村子里，有叠山书院，是弋阳县叠山书院的前身。南宋为元所亡时，南宋名士谢枋得全家殉难。谢枋得，字君直，号叠山，弋阳人。元仁宗延祐五年，当地民众不顾官府的阻挠，建成弋阳叠山书院，以纪念谢枋得的民族精神和气节，后毁于大火，明喜宗天启年间重建，是江南四大书院。村里的老人都还记得这个不大的书院，在书院里上私塾，现已不复存在，书院的房子颓败之后，被人建了民房。但书院的天井还在，鹅卵石铺砌的花纹，花岗岩的天井台阶，精美的书院精气奔袭而来，似乎还有朗朗书声一阵阵响彻耳际。再往山谷走一碗茶的时间，便是白果自然村。村口，千年银杏赫然而立。时值隆冬，银杏树苍然，已然没有叶子，发黑的树身和遒劲的枝桠，道尽人世沧桑。溪涧中分村舍，溪底是石头铺设的，缓缓下斜，溪水汩汩而淌。

崇山村是高山村落，隶属新篁。翻过山道往北，便是葛源。这是我第二次来崇山。第一次来，是两个月之前，看千年银杏树，喝了一碗茶便走了。桥头的老徐好客，泡野山茶给我喝。毛尖青青的茶叶浮在杯子里，像一座座山峰浮在云雾里——我是不会忘记的。暗香、淡雅、俊逸，是这杯茶给我的印象，也是崇山给我的印象。我去过很多山间小村子，我喜欢在小村子里乱转的感觉，走走停停，到别人家里坐坐，聊聊天。有的村子，我坐下来了，便不想走，想找个合适的溪口桥头建个小房子，住下来，成为一个“把酒话桑麻”的人。在新篁的平港和崇山，我也是这样想的。也仅仅是想想而已——人怎么生活，在哪儿生活，是命运的一部分，像我这样一个年过四十的人，对命运只会越来越敬畏。

当然奢侈的想法也是消除不了的，比如在崇山住上一夜，听听溪涧的流淌声，看萤火把夏夜织成丝绸，又有什么不可呢？把美好的偶遇变作一种向往，或许是生活的一种期盼吧。在人世的环形跑道里，我们是需要向往的，这样，我们便不会厌世，也不会被人世所累。

春日的花神

从今日开始，我要爱上一个人，爱上流苏下的花神，爱上原罪。

这是从一条河开始的。河是港边河。惊蛰已过，细雨和惊雷惊醒了酣睡的大地，鱼游到临岸的草丛开始孵卵。“万物出乎震，震为雷，故曰惊蛰，是蛰虫惊而出走矣。”惊蛰，是二十四节气中唯一以动物命名的节气。蛰虫，即冬眠中藏起来不吃不动的虫豸。蛰虫爬出干燥的泥穴，飞舞，翩翩——它们作为花神的花童，遍布世界。

早前的绵绵冷雨结束，天气转暖。我却不曾去田野走走。我窗外的梧桐还没发枝，厚朴的桠枝上包了一圈浅绿。我推算着时日，春分来临时，野花将已开遍荒滩野谷，一直延烧到村野矮矮的墙垣。我愿意追逐着河流，捡拾春天彩色簿上撕下的每一页。在横峰，我所拜访的兄长把拍摄的山野照片给我看：“你去看过莲荷的油桶山和黄滕村吗？你没有去过的话，可以好好看看。”

第二天，我便去了。

在汪家碓拐进一条机耕道，一条幽蓝的河流在田畴间，以蜿蜒的墨线呈现。河岸的树林把山冈、村舍、田畴，分布到了一张疏密浓淡的水墨画里。对这片乡野，我是多么熟悉。年前，肃瑟的冷冬，我曾一个人沿着这条河流，走了三次。第一次走，是因为坐车无意间发现了河边树林，油绿的樟树和泛红的枫树、泛黄的栾树、落尽了叶子的柳树，扎堆地长在一起。我通常就是一个这样的人，给自己带来意外惊喜的一处山林、湖泊、河流，我会停下脚步，而忘记前往何方。我记住了汪家碓这个小村。沿河边的田埂，我溯源而上。藤萝缠在乔木上，叶子稀落，有的树根上还爬满了藤本爬墙虎。野蔷薇在芦苇的缝隙里，还开着淡白的花，似乎是一种对时间的告白：遗忘的角落里，仍然有对生命的馈赠。河堤还是原始的面貌，矮小的灌木斜斜地横在河面上，枝叶上残留着河水留下的痕迹，枯败和将朽的树枝已是深黑，冲垮的泥湾半悬，野菊花幽暗地开在朝阳的泥坡上。更远一些，是矮小山冈延绵而成的山峦，依稀的村舍隐没在异乡人的乡愁里。

汪家碓是一个窄小的山冈与山冈之间的小村，视野被收紧。往里一华里，站在山冈上，港边河在静静地流淌，看见远处的山冈赭褐，油毛松像一块头皮盖在上面，山冈的陡壁形成斜面的悬崖，在阳光的照射下，形成奔泻的光瀑。转过一个坳口，踔然、阔然，一个不规则的椭圆形田畈，淡然而现人烟三五家。村头古旧的岩石块砌起来的桥，依古樟树拱形的硕大根须而建，断于河堤，作为原始生活记忆的一部分，埋葬在时间深处。桥面上荒落稀疏的草，尚未吐出芽尖，似乎在喻示：春暖中的寒意，远远没有退去，春暖只是一抹浅浅的微笑。事实上，当我看见田畴斜弧形地包抄过来，油毛松毡帽一样戴在山冈上，隐隐可现的村舍点缀在竹林树木间，花神落入了凡间。野桃花比时节来得早了几日，火苗般辣辣地烧，红得发妍白得如玉，在稀疏的叶子间孤傲地微微仰起侧脸。脸是素颜，淡红的唇有几分俏皮。和桃花一起开放的，还有梨花。梨花是个圣僧，一袭白袍。油菜花在田野里，把雨水和阳光挤出一束束的金黄。

阳光是羞赧的女生。在港边河，花神在我毫无防备时降临。我想起颜梅玖的《山谷》："……冥冥之中，一切都是诸神的安排？/浓密的树林里，风掀动着树叶飒飒作响/我们都知道，树爱过它们/后来它们都飞走了。"花神披深黑的大氅，头发起伏河水的波纹，花冠高耸，使整个田野闪耀着金黄色的反光。这是水边的阿狄丽娜。我也渴望阿佛洛狄忒也能来到港边河边。

小径从河边的山坡弯弯地没入林中。紫地丁一小撮一小撮地撮在野地上。雏菊和艾草，才长出幼苗。更远的山野，奔放的野花怒然。山野把煦暖的阳光堆起来。在严寒的冬天尚留有背影的初春，我很少见到如此浓烈色彩的原野。我想起梵高的《有妇女在洗衣服的阿尔吊桥》。梵高用颜料大多具有燃烧感，却鲜有和春睦邻的油画。《有妇女在洗衣服的阿尔吊桥》却是一幅乡村恬美日常生活的热烈场景。黄滕村，我能够听到春日野花发出乌亮的金属弹奏之声。在寂寞的晌午，无声的河水在稀疏浓密相间的树林湾流，油彩呜呜呜响彻。

我始终相信，当我远望或深入恬淡的原野，神会来到身边。我无数次地深入深山，无数次独坐河边，即使是一个人，也不会感到孤独。身边会有一个看不见的神，化作河水和山峦的模样，默默地看我。大地有水沸腾的气息，夹裹着泥土的腥气和树木的青味，进入我们心脏腾出来的空阔地带，让我们浩然。一个人，只有一个人，知道去一个无人的地方，和自己相处，兴味盎然，这个人，他（或她）的心脏，就是一座安静的教堂。

野　望

人至中年，该多读杜甫，也该多去无人的旷野走走。旷野，许是这样的地方，暮霭沉沉，江阔云低，也许是卉木萋萋，采蘩祁祁。在某一刻，旷野会和一个人的内心呼应起来。在莲荷曲江义门用过午餐，王国浩兄便带我去了叫驼里岩的陵中旷野。陵是赭褐的岩石，春阳如沸。墨蓝色的山塘在土豆般的丘陵里，有狭长的纵深，远处的油毛松盖在岭上，像毗连的帐篷。春分未至，雨水还没有适时地敲响大地的黄皮鼓，山塘的水无辜地浅着，裸露的塘泥黄赤，像一圈晒干的南瓜。

沿岭中夹坳，斜坡发辫一样垂下来。大片的油毛松在早年被野火烧死，它们死亡的姿势仍然是活着的那副样子，遒劲，听命于自然造化，枝杈在树身上留存着阳光的形状。蕨萁微黄地卷曲在低坡，更平坦的坡地上，翻挖出来的条垄覆盖了一层枯死的针耳草。我抬头望一眼天，什么也没有，天是空的，空得容不下一朵云。天也不蓝，银灰色，圆弧形，空空茫茫地罩下来。天那么空，空得像一双容不下泪水的眼睛。我一下子想起海子写的《四姐妹》：荒凉的山冈上站着四姐妹/所有的风只向她们吹/所有的日子都为她们破碎//……//到了二月，你是从哪里来的/天上滚过春天的雷，你是从哪里来的/不和陌生人一起来/不和运货马车一起来/不和鸟群一起来//……这是海子生命最后阶段最为悲伤的一首诗歌。在海子的诗歌里，“荒凉的”修辞是十分常见的。荒凉的时间带给他生命的消失感，是十分强烈的。……一切都在生长/今夜我只有美丽的戈壁空空/姐姐，今夜我不关心人类，我只想你。《日记》写于德令哈车站。德令哈位于柴达木盆地东北边缘，属青海海西州，气候阴寒，海子诗中写道：“姐姐，今夜我在德令哈/这是雨水中一座荒凉的城。”岭上的驼里岩，在我看起来，就是德令哈的车站。无人的车站。

翻过岭，油毛松继续死。它们是同一天被野火烧死的，但死得有点儿前仆后继，死得有点儿视死如归，死得似乎生命没有意义，死的活着和死没有差别，于是选择了相同的告别的形式，和相同的仪式。岭下，有简陋的寺庙，庙前是一个山谷。山谷多毛竹，也有三棵伞盖一样的冬青树。在横峰，我见过很多冬青，挤压在灌木或乔木林里，树皮灰色或淡灰色，有纵沟，小枝淡绿色。水桶粗的冬青，却是第一次在这里见识。立春之后，太阳一日黄过一日，小枝发蕊，米白粟黄，小撮小撮地积，积到发胀，淡的花点缀在绿叶间，细细一瞧，蕊里还有几只细腰蚂蚁。小径上，是发白的砍下来的竹枝，和凌乱的杂草，以及细碎的树叶。水井被水泥石块盖着，石板上是青黄的苔藓，老年斑一样，衰老而颓败。

寺庙的善德主持请茶。烧井水，泡手工老茶。茶黄，在水里不洇开，丝丝萦萦，喝一口，也不怎么甘冽。善德主持说，打了很多处井，才打到井水。驼里山，因山岩似驼峰而得名，我想：水井相当于骆驼胃部的水俘，哪那么容易找到呢。善德主持面善，脸阔且厚，遮住了两边半个耳朵。有果鸽在山谷里，“咯咯咯咯咯咯”。果鸽是灰头灰脸的家伙，哪催情得这么早呢，离谷雨还远着呢。但我还是站在院门外，四处瞧瞧。没看到果鸽，却看到了山谷里有一棵落叶树，苍苍的枝桠像伸开的双臂。山谷就在竹林下面，撂荒的山垄田和一只遗弃的帆布鞋差不多。岩崖内凹，寺庙依凹处而建。毗邻的，是一处生活遗址。

废墟里，铺着稻草，干枯的牛屎气息和腐烂的稻草气息，让人一下子有些难以适应。角落里，两个裂缝的土缸，像两具生活影迹的遗骸。我站了几分钟，看看顶岩石，烟熏的黑色是古老铜镜破碎后的影像。土墙，泥浆白水风干后的黄色，给人木讷、沧海已过的感觉。乡人说：“曾居住在这里的人，每年，他们的后裔会来看看。”看，是为了不忘记。同伴说：“这让人悲伤。”我说：“这是一个时代的背影。时代渐行渐远，但背影会镌刻下来。”

和煦的风，事实上，前些天已经来到了，田畈里的油菜白菜日夜兼程地开花。它们赶着步伐，赶着开，也是赶着凋谢。竹叶轻摇。居住在这里的人，无论是善德主持，还是谁，内心都是无比孤独的。无比孤独的人，也是无比强大的人。无比强大的人，也需要无比的孤独。前日读《杜甫诗选》，读他《风疾舟中伏枕书怀三十六韵奉呈湖南亲友》，唏嘘良久。这是他的绝笔诗，卧舟而写，不日死于风舟之中。他写：“尚错雄鸣管，犹伤半死心。”频临死亡，仍然不绝望。不绝望，是因为心中热爱这个世界，即便是破败的世界。

下了驼里岩，塘鹅在水库，“嘎嘎嘎嘎”，水岸的白羽拍翅。我很想在岩石上或枯死的草地上坐一坐，一个人，像被遗弃的人一样，像个无家可归的人一样，随处坐坐。在这个无人的旷野，在这个没有歌谣也没有马车的地方，坐坐，赤裸地看看空芜的天空，看看草木枯荣。人生在世，最终，我们都将是一个人的，面对自己，面对亲爱的人，面对死亡。旷野荒凉，是一种高阔邈远的境界，习习清风会清洗我们污浊的内脏。

赭亭山记

亲爱的人，我们将同船共渡。在深蓝的水波上，我们一起看黑色的水鸟飞过山梁，飞过被春光搂紧的峡谷。如果可能，我们择一棵树，临水，衔来枯枝荒草，筑窝、孵卵、育雏，在湖面上带着幼雏，闲散、觅食。树即使是枯树，光脱脱的枝椏简单地勾勒了时间的图形，我们也会一起望月鸣叫，“哦噢”“哦噢”“哦噢”，彼此呼应，在被人遗忘的山野，梳理彼此的羽毛。

“择一人而白头,择一城而终老。”在赭亭湖的游船上，看见水鸟在树梢上，一群一群地飞过，我反复在默咏这句话。船是简易的铁皮船，柴油机突突突冒着黑烟。春风徐徐，天空在漂移，青山在飞翔，水波像异乡人遥望的窗口。这是第一次游湖，却是第四次来赭亭山。第一次知道赭亭山，是在十余年前，苏万能兄几次对我说“去横峰，一定要去赭亭山”。颇有不识赭亭山，不识横峰真面目的意味。年前，武华兄也对我说“游赭亭湖会有一番别趣”。我便约人，微雨中去赭亭山。车出城，过了信江河岸，一座夹饼模样的山耸立在眼前。友人说“拐过小村子便进山了”。冬雨冷瑟，细细密密，绵长不绝。我站在湖边，水面涌起细珠般圆润的水泡，山峦矮矮的，油毛松油绿，几棵野枫树残留的红叶凄凄然地飘摇。我们沿山中石道，登上古城堡。古城堡巍峨，筑在山腰，赭褐色的石墙和冬天苍莽的景象，相互映衬。城门还是千年前遗留下的石框，一层依稀可见的青黝色苔藓，深深塌在石头里，形成时光遗忘的图案。站在城垛上，弥望，烟雨蒙蒙中，山峦和湖泊氤氲在一片水气里。青黛色，灰白色，油绿色，形成区隔，在冬雨中，仿佛是邈远的记忆。我想起十九世纪俄国风景画家伊凡·伊凡诺维奇·希施金的布面油画：阔叶林中，潮湿的空气呈灰白色，斑黄的树叶喻示冬日尚未远去，一对情侣搂抱着，在泥泞的路上打伞并肩而行。幽深的山道在蜿蜒的林中消失，厚重板结的色块把沉重的冬雨搬进了我们的心房。冬雨是一种孤独的雨。海子在《遥远的路程》写道：“雨水中出现了平原上的麦子/这些雨水中的景色有些陌生/天已黑了,下着雨/我坐在水上给你写信。”冰冷的雨丝，给山野织了悲伤的面纱。

那时，我暗想：要是雨中游湖，确是胜境。可惜，一直找不到船。春分未至，繁花堆叠。再次去赭亭山。春阳暖烘烘的，有木炭灰的气息。船夫六十多岁，早早在码头等我们。湖面微凉的水气漫延开来。阳光奔泻，许多落叶的乔木，抽出鸭黄色，野山茶开起艳艳的白花，白雪一样积压在枝头。湖水是一张旧唱片，吱吱吱地唱着老时光。我们沿右边的湖面，抄山边而行。湖岸边的灌木林，不时有野鸭惊飞，麻黑色。

山峦在游转。山是丹霞地貌的岩石山，赭色的岩体劈立，形态各异，有的像笋，有的像千层糕，有的像蹲在地上的短尾猴。岩石顶上，长着矮小的密林，仿佛是女生的黛眉。巍然而立的，是赭亭山。赭亭山因东汉车骑将军赭亭侯李恂葬于此山而得名。山因人而名世，人因山而存古。山上有开阔地几百亩，桑麻稻粱各具，阔叶林覆盖其上，可登高望远。李白去桃花潭，喝了汪伦的桃花酒，回马鞍山，过宣城，看看敬亭山和自己一样孤独，写："众鸟高飞尽，孤云独去闲。相看两不厌，只有敬亭山。"孤独得近乎自虐。假如一个人，独自游赭亭湖，我想也是这般的。

船越深入湖中，湖水越发清冽，琥珀一样，幽蓝发亮，发亮得把我们眼球吃进去。油毛松渐渐消失，阔叶林蓬勃而出。阔叶林和湖水一样幽蓝。树影也是幽蓝的。山体沉没水中，山冈浮出来，成了孤岛。孤岛与孤岛相衔却不相接。有鹿在孤岛生活该多好，鸣于野，该多好。"呦呦鹿鸣，食野之苹。我有嘉宾，鼓瑟吹笙。"有鸳鸯栖息于湖中该多好，双双戏水，该多好。"四张机，鸳鸯织就欲双飞。可怜未老头先白，春波碧草，晓寒深处，相对浴红衣。"我看看船上身边坐的人，却看见一双水鸟，穿黑绿色晚礼服，在水面滑翔。湖中，见到了很多水鸟，除了野鸭子，其它的，我却辨别不出来。有的体型如喜鹊，有的体型如果鸽。却都是深色羽毛，深黑色、绿黑色、灰褐色。山峦勾勒出鱼脊般的弧线，映山红开了，有炽热的燃烧感，使寂寞的山野有了人世的情欲。

山是水的情人，水是山的伴侣。赭亭湖是水鸟的故乡，是情人眼里不曾落下的一滴汪洋。岛如榭台，水如廊阁，曲径通幽，意蕴绵绵。我常常像寻找自己的墓地一样，去看一个被人遗忘的山野，择一箭之地，开荒、劈柴，住在一个土房里，烧水、煮茶，这个世界，再也没一个人值得我写信，再也没一个人值得我点灯。想到这些，我无限悲伤。

葛源盆地记

陌上花开，可缓缓归矣。

站在湖口岭，我听到了曲丹卓玛《在那东山顶上》：

……

在那东山顶上

升起白白的月亮

年轻姑娘的面容

浮现在我的心上

年轻姑娘的面容

浮现在我的心上

啊依呀依呀拉呢

玛杰啊玛

啊依呀依呀拉呢

玛杰啊玛

……

岭下，是平缓而下的梯田。春日迟迟，桃花凋敝，杜鹃花正艳。在谷雨尚未到来之际，垄田还没灌水，草芽尖尖，还没翻卷出油绿的长叶，野花妍妍。圆桶形的山梁，像一枚核桃的硬果壳。我看到了坚果的内部，三五户人烟的村舍像油黄的果肉，田间小道是纹理，苍老的古驿道是沉眠的胎胚。歌声从一扇旧窗户飘出来，悠扬、渺远，听起来，有疼痛感。也给我长时间的晕眩，和恍惚迷幻——我似乎是到了西藏高原，山岭巍峨，天空高远，溪涧水也像是雪山融化了的雪水，清澈、激越，把涧石当作铁皮鼓，击打得铿锵作响。湖口岭是葛源盆地里的一个自然村落，坐落在山坳的夹沟里。夹沟，是两座山折叠又打开的折痕。原始的乔木林依沟而蓬蓬。坡上，是一垄垄的高山梯田。梯田，是沿等高线方向修筑的条状阶台式或波浪式断面的田地，有水平梯田、坡式梯田、复式梯田。湖口岭的石桥梯田属于复式梯田，放眼望去，气势宏伟，壮丽如虹，与官田梯田相接，绵延十余里。梯田，是山区农耕时代的背影。它总是让我们想起耕牛，不规则的大地图形，夕光下水中映衬的晚霞，毛毯般斑斓的金色水稻，翩翩而至的白鹭，初春如织的花海，浩瀚苍穹下渺小耕作的先父，庞大木质结构的谷仓。坐在田埂上，我们的眼前会伫立山峰般耸立的稻草垛，形态各异的稻草人，我们的双肩会成为蝴蝶的驿站，我们的瞳孔会化作溶解了四季的湖泊。

可以想见的是，在先民还没迁至湖口岭之前，在山峰还没被命名之前，这里是一座原始森林，阔叶乔木参天，藤萝密布。在古驿道，至今还有古树林。村口有一棵玉兰树，被风腰斩，树身爬满了小叶爬山虎裹着厚厚的苔藓地衣。枝桠披散，正抽出了嫩白嫩青的幼芽。林中的树木，都是树身青黝色，树叶浓浓的墨绿，它们似乎不是长出来的，没有经过发芽、抽苗、抽枝、发育，而是天然地和山水契合，似乎只有苍老的树，才合乎那个豆荚一样的山沟，才合乎那条岁月浸泡了的古道。树林，大多是由樟树、苦槠、红豆杉、栎树、冬青、木荷组成，藤萝在其间缠绕。也有香榧，唯独的一株香榧，已有一千八百余年，遮天蔽日，粗粝的树皮像干裂的黄羊皮。一棵从未开花结果的雌性香榧，会给我们很多疑惑和猜想。我们的先祖，择地而居，依山而筑，临窗而眠，日出而作，开荒、拉犁、挑石、筑埂，按照自己对生活的理解和山地的美学，世世代代，垦出了满山坡的梯田。当我看到梯田的时候，会不由自主地想起拱桥一样裸露的脊背，日晒雨淋的沉默水牛。箩筐、锄头、砌刀、铁锤，在一双双松树皮一样的手中，缔造了葛源盆地的奇迹，也留存下了一代又一代人的生命遗迹。

我去官田村的时候，村里人正在以古老的农耕方式，给梯田翻耕，剥荒、铲田埂、耕田、灌水，几十人，躬身在田垄里。谷雨即将到来，做田打秧，是农人繁忙的季节。山田是糙糙的，长了许多荒草和紫云英，田埂也长满了开花的地丁和马蔺、结缕草。草径的斜坡上，射干也开了玉白色的花。灌水后的山田，水天相映，峰峦和村舍的倒影给人水墨画特有的静美和安谧。瓜叶菊般绽放的午后阳光，有些许的夺目，光线散落在水里，有了锦鲤的游动感。设若在晨起，朝霞开始从山梁慢慢涤荡出来，天是鸡蛋清的色彩，梯田的景致会是另一番景象。

几次去葛源，到石桥，到官田，都给我一种山野敞亮的开阔感。这种开阔感，让人不自觉地眺望，眺望山外，眺望天空，让人想登高，一座山峰一座山峰地去登高，去辨识去伸手扯天边的云彩。当曲丹卓玛《在那东山顶上》，环绕我耳畔，我看见梯田绵绵，似乎那不是梯田，而是一种世代农耕人的生活宗教。从这里走出去的人，或回到这里的人，对于乡村的别解，是圣洁的，会获得一种大地赋予人的尊严，即使是一个双手空空的人。

从磨盆山下的葛溪，溯流而上，山峰如玳瑁，野树如门帘，有不规则的椭圆形盆地豁然跳到眼前，集市如流，沃野十里。这就是葛源盆地。也是横峰县北部最大的粮仓和油库。这里盛产大米、茶油、大豆，也盛产竹、木和葛，是中国葛之乡。也多英雄壮士。

乡民把葛源、葛、葛溪，与一个游方道士撮合在一起。据传，葛洪游历南方，在灵山北部山脚炼丹，连日熬夜，营养不良，口腔疱疹久日不愈，见路边一种藤蔓开紫色小朵鲜花，采摘日食，疱疹不治而愈。葛洪便把这种植物以自己的姓氏命名，曰葛。长满葛的溪流，曰葛溪。先民以葛溪的源头，取地名为葛源。葛洪(公元284—364年)是三国方士葛玄的侄孙。方士就是访仙炼丹以求长生不老的人，信仰神仙学说，擅长祭拜鬼神，炼丹长生，也称法术之士。葛洪卖柴读书，乡人称他抱朴之士，后也自称抱朴子，著丹书《抱朴子》内外篇七十卷。葛洪是东晋时期的道教领袖，化学家、医药家，著有《金匮药方》百卷，《肘后备急方》四卷，对后世中医药学影响深远。事实上，他是个游四方的人，痴迷医药和炼丹，喜欢在深山老林生活，遗世独立，在南方高山筑炉，结草庐隐于山野。在信江流域，在龙虎山、三清山、灵山，他均有焚炉炼丹，著书立说。葛洪多年流连于怀玉山山脉，很可能他也曾踏足葛源。

但葛的命名，其实与葛洪无关。《诗经》是我国最早的诗歌总集，传为周宣王的内史大臣尹吉甫(公元前852—前775)采集，孔子编订，西汉时被尊为儒家经典，又称《诗三百》。《诗经》不但是民歌总集，也是植物名录全集。《诗经》里写到的植物有荇菜、莼菜、蓼草、飞蓬、蒌蒿、水芙蓉、白茅、黍、木槿、萱草、艾蒿、蓝、卷耳、桃、车前子、荆棘、蕨菜、梨、梅、柏树、酸枣树、匏瓜、苦菜、荠菜、茯苓、蒺藜、菟丝子、麦、竹、桐、桑、芄兰、木瓜、蒲草、益母草、李子、檀木、荷花、栗子、茜草、兰草、芍药、杨柳、狗尾草、酸模、榆树、花椒、稻、乌蔹莓、芦苇、栎树、杨树、紫云英、猕猴桃、榛树、蓍草、枸杞子、菩提、椿、香椿、野豌豆。也有葛。

比，是《诗经》常用的表现手法，以植物喻人，十分普遍。如“南有樛木，葛藟累之。乐只君子，福履绥之。”（《周南·樛木》）“桃之夭夭，灼灼其华。”（《周南·桃夭》）“南有乔木，不可休思。”（《周南·汉广》）“有杕之杜，其叶湑湑。独行踽踽。岂无他人？”（《唐风·杕杜》）“伐柯如何？匪斧不克。取妻如何？匪媒不得。”（《豳风·伐柯》）《诗经》在写葛这种普通乡间植物的时候，赋予葛以孝敬父母、勤于劳作的妇女形象。录《诗经·周南·葛覃》：

葛之覃兮，施于中谷，维叶萋萋。黄鸟于飞，集于灌木，其鸣喈喈。

葛之覃兮，施于中谷，维叶莫莫。是刈是濩，为絺为绤，服之无斁。

言告师氏，言告言归。薄污我私，薄浣我衣。害浣害否？归宁父母。

看样子，葛的命名，早于葛洪一千余年。北参南葛，葛与参相提并论，可见葛的养生价值。葛，也称甘葛，野葛，被称之为植物野马，意思是，长起来便很疯狂，无遮无挡，随地匍匐，随物攀援。葛是一种豆科葛属草质藤本植物，七八月开花，九十月结果，有块状根。花萼钟形，紫红色，紫白色，总状花序。豆荚为长椭圆形，扁平，被褐色长硬毛。葛花葛根，可食，是药食植物。葛根碾碎，经沉淀，出淀粉，称葛粉，是泻火滋补的好食材。

葛一般生在低海拔地带，喜欢温暖潮湿的坡地、沟谷，尤喜疏松、腐殖质肥厚的沙地。葛源盆地的山地，是风化的火成岩沙地，植被丰富，日照时间充足，非常适合葛的生长。葛是很好的保持水土流失的植物，但生长过于疯狂，对自己的欲望显得毫无节制。

葛源盆地有四十余平方公里，站在盆地，头一抬，看见一条鲨鱼龇牙咧嘴扑浪而来，浪花澎湃，耸立起来的脊背驮着盛大的天空，日行八千里路。八百年前的辛弃疾骑在“鲨鱼”上，唱：“叠嶂西驰，万马回旋，众山欲东。正惊湍直下，跳珠倒溅；小桥横截，缺月初弓。老合投闲，天教多事，检校长身十万松。吾庐小，在龙蛇影外，风雨声中。争先见面重重，看爽气朝来三数峰。似谢家子弟，衣冠磊落；相如庭户，车骑雍容。我觉其间，雄深雅健，如对文章太史公。新堤路，问偃湖何日，烟水蒙蒙？”

去过多少次葛源，我也记不清了。最早一次，是20世纪90年代，最近一次是今年仲春。年前，去新篁的阳山，途径葛源，登顶打鼓岭。到打鼓岭，已是正午，冷雨绵绵，寒风却不呼啸——人站在山岭上，像是被一只手拎起来，拖曳着，又被重重地摔在地上。寒风是一根绳索，拉着人跑。我们一行七八人，远眺葛源盆地，有的欢呼，有的拍照。向西远眺，葛源盆地似崇山中的一只摇篮，星散的人烟粘结在一个个山窝里。群山在旋转，黛色的天空，冷雨丝丝垂降。山峦一座堆叠一座，海浪般向上推移，叠成浪峰。向南远望，则是灵山山脉主峰，巨船般航行在大海之中。

在打鼓岭远眺了十几分钟，天边的云雾涌入了胸口。灵山西北部的山川，以列队的形式围拢在脚下。山中的林木，已所剩不多，地衣植物和低矮的灌木显得冷涩和肃瑟，麻褐色和青绿色覆盖了山野。雨丝逐渐雾化，湿湿的，一个深呼吸，心肺也变成了青绿色。葛源盆地，我第一次得以窥见它的全貌：屋舍像一粒粒芝麻，斑黄的田畴烤面饼一样摊开。我想起诗人娜夜的诗《在这苍茫的人世上》。

世界太大，留给我们的，其实已所剩不多。在山岭遥望的时候，我发现葛源盆地是大山的心脏。四面高台般的群山，假如是一个池塘，那么，葛源盆地是一朵悠然而开的莲花。

走葛源多次之后，我生出些许的悲戚。在公路还没畅通的时代，这里是一个遗世的世界，或许还是一个世外桃源。葛溪依山西流，美丽的夏夜，星光和萤火虫点缀了丝绸般的夜空。夜空，碎冰似的，清冽的，和少女的瞳孔差不多。在五里铺，我找到了这样的活体遗迹。每次去葛源，到了五里铺，我都有这样的念头：生活在这里多好。葛溪绕村前留一抹背影远去，野生的洋槐和枫香树沿溪边簇拥，村后是笋一样挺拔的山，竹林和树林把整个村子捂了起来。今年春，我和几个友人去葛源，友人提议去村里看看。我才得知，村子叫五里铺。进村的路边，栽了许多射干和葱兰，路的扶坡挤着密密麻麻的慈竹。地丁都开花了，紫堇和夏至草也开花了，一串串地挂着。深山含笑和广玉兰也开出了相同颜色的花，白玉一样。苍老的苦槠和高山松、香樟，把村里的空阔地变成了原始森林。几个小孩，用锄头在门口竹林里挖笋，提一只竹萁，光着脚板，其中的一个小孩淘到了一棵麻褐色笋衣的大竹笋。几块方田，在路下，与山相连，溪涧在田埂边的水渠里，被野草和灌木遮蔽。我怀疑黄四娘是生活在这里的，不然杜甫写的《江畔独步寻花·其六》：“黄四娘家花满蹊，千朵万朵压枝低。留连戏蝶时时舞，自在娇莺恰恰啼。”

与这里如此相像呢？去了好几个村子，再也见不到这样“野旷天低树，江清月近人”的景象了。随着葛源盆地人烟的增多，柴薪用量加大，房子用料倍增，生活资料日渐紧缺，木头成了乡人掠夺的主要对象，山被剃头一样，一座座剃了过去。山体赤裸了，人体也赤裸了。

也是作为生活遗迹——以“中共赣东北（闽浙赣）省委、省政府、省军区”革命旧址之名得以保存下来的枫林村旧民居，把葛源盆地人较为原始的生活形象，以泥土、砖瓦、木料的方式，封存在湮灭的历史记忆里。村里的小巷四通八达，用河里捞上来的卵石，夯实在黄泥土，铺成巷道，独轮车、草鞋、板车、厚实的脚板，和雨雪的浇筑，把卵石基本磨平，在春日雨滴的油润之下，闪闪发亮。苔藓在石缝里，作为岁月的印记，兀自油绿。小巷把村子变成了迷宫，七弯八拐，我们瞬间消失在玄阵般的迷雾里。房子是南方，尤其是赣东北地区尤为常见的黄泥房。黄泥搅拌石灰、碎石屑，用夹板木杵夯实，瓦檐一般为二米四高，前后开门，左右开小门。瓦是柴火焚烧出来的黄瓦，梁柱椽楞是木料。前开的是大门，进门是厅堂，厅堂和后堂用一扇木板墙相隔。厅堂吃饭喝茶待客，后堂起灶炉烧饭。厅堂两边各开侧门，通厢房，以作卧室。卧室横梁铺木板，称楼板，楼上堆箩筐、木桶、火熜、犁耙耕耖、水车、旧木料等杂物。卧室一般有床、四角衣柜、米缸、尿桶、竹椅子、箧箩、木箱、烛台、木桌，除了米缸、尿桶、竹椅子，其它物件都上桐油或清漆，摸起来，有光滑的清凉感。床一般是平头床或架子床，富裕的人家会有花床，贴金漆，富丽堂皇的模样，像新娘头上的凤冠。

房子一般是左右结构，对称，以厅堂中线为中轴线，也前后结构，但不对称，前长后短，中间开一条风弄，风弄的墙上，挂着蓑衣、锄头、刀具等生产用品。和深山人家不同，这里的房子大多没有院子，也没有外楼也就没有了廊檐，窗户是木质的，格局较小，以至于房间过于的阴暗。在这样房子里长大的孩子，一般是聪慧、谨慎、细致、沉稳。

“省军区指挥部”旧址是一座大院。说是大院，其实也就是有前、中院子的房子。它的结构不是南方民居，而是西北高坡民居。从门楼进去，是一个院子，再进去是一个大门，两边是厢房，继续进去，是院子，院子以大天井为格局，四边形，最后进去的屋舍算是正房，敞开式的厅堂，各式房间对称地依序布置。葛源盆地普通民居以黄泥、石头、木料为基本元素，冬暖夏凉。离开村子外出谋生的人，会怀念门口的枣树，怀念清凉的草席，怀念木桌上的油灯，怀念谷雨之后雨燕再次回到房梁上筑巢育雏，怀念小巷里清晨踏踏的脚步声。他们的故人，他们的亲人，在矮小的房子，喝茶，打瞌睡，在油灯下，编草鞋，穿梭织布，葛溪边的水碓房，水车在日夜地咿咿呀呀。那是他们生命的牧歌。他们会暗自念白居易的《夜雨》：

我有所念人，隔在远远乡。
我有所感事，结在深深肠。
乡远去不得，无日不瞻望。
肠深解不得，无夕不思量。
况此残灯夜，独宿在空堂。
秋天殊未晓，风雨正苍苍。
不学头陀法，前心安可忘。

他们在异乡的午夜，会突然痛哭出声。

抓一把黄土，指间会渗出血。

葛源盆地四面高山，是德兴、上饶、弋阳与横峰相交界的地方。我每次进入葛源，都会想起一张照片：英俊刚毅的面容，略显瘦削，浓眉大眼，鼻梁坚挺，耳廓肥大，眼神坚定，头发像山冈上的丛林，穿一件旧棉大衣（在我看来，更像一件被风吹起来的战袍），脚上戴着镣铐，魁梧的身材和他的根据地灵山相似。这是我在1997年，在南昌梅岭看到的照片，至今忘不了。照片中人，即先烈方志敏。我从不掩饰我对他的敬爱。作为男人，他俊朗，脸上终日晒着阳光，做事果敢，有担当；作为军人，他有谋略，有血性，威武不屈，有号召力；作为作家，没有谁比他更有资格写《清贫》《可爱的中国》；作为一个有信仰的人，他践行了“努力到死，奋斗到死”的誓言，生命的航向始终没有改变；作为世代务农家庭的儿子，他有胸怀天下之志，有兴邦治国之才。他的文章，我们耳熟能详，他的事迹，我们世代口口传诵。方志敏（1899—1935），原名远镇，乳名正鹄，号慧生。他于1899年8月21日（清光绪二十五年七月十六）出生于江西省弋阳县漆工镇湖塘村一个世代务农的家庭。他8岁入私塾，12岁便辍学辅助家庭务农，童年在家乡度过。17岁时在乡亲们的帮助下进入县立高等小学，在校内时接受新文化运动的影响。毕业于江西省立南昌甲种工业学校，能文善武。1935年1月27日，他在怀玉山不幸被俘入狱，同年8月6日，方志敏在南昌英勇就义，英年36岁。

湖塘村离葛源盆地骑马只需一个时辰。选择葛源盆地作为革命根据地，方志敏具有军事家的战略眼光。这里山梁交错，地形复杂，人口众多，产粮产油，社会矛盾激烈。方志敏把葛源盆地当作实现“无产阶级”“苏式国家”的“试验田”去“耕种”，发展棉桑，大力种植粮食，平债分田，各村成立农会，建立农业合作社，开办供销社，发行邮票和股票，通航兴衢，兴建学校医院，扫盲识字，举办运动会，修公园，操兵练武。

在这片土地，流过血的志士有方志敏、汪东兴、粟裕、黄道、邵式平、刘毓标、饶守坤、邱金辉、李如文……很多志士还没娶妻生子，流尽鲜血，长眠于葛源盆地——黄球，被杀害时，年方27岁；邱金辉牺牲时，24岁；李穆死于枪口，时年29岁；钱壁流尽最后一滴血，19岁；项春福在正月初九牺牲，时年24岁；杨桂花牺牲时17岁……在革命时期，横峰县的成年男丁，十分之一为信仰奔走，甚至再也没回到家里，直至捐躯。

葛源盆地上的人，把头上的太阳，当作一盏长明灯。这是一个梦想升起的地方。是一个信仰不会泯灭的地方。是一个热血可以点燃火把的地方。

我们行走在葛源的大地上，英烈的亡灵在注视我们。

……

如果不曾相见，

人们就不会相恋。

如果不曾相知，

怎会受这相思的熬煎。

如果不曾相知，

怎会受这相思的熬煎。

啊依呀依呀拉呢～玛杰阿玛～，

啊依呀依呀拉呢～玛杰啊玛～。

……

在家里，我一遍遍地梳理每一次去葛源所遇见的人与事，回想它的山川地貌，体会它的风土人情，也一遍遍地听曲丹卓玛《在那东山顶上》。我怎么会把一首藏歌和南方一块向日葵般大的盆地联系在一起呢？或许，只有和大地缠绵的人，才会如藏歌那般悱恻，哀婉动人，长绵不绝，气韵如江水。梳理之后，我发觉自己对那片土地是那么的陌生，像一只鸢，飞过盆地多少次，却不曾栖息下来。我甚至没有在葛源住宿过，好好地吃一餐饭，睡在木板床上，望着窗外无眠到天亮，看白月亮从枣树上爬上来，看白雪在深夜一团团地扑撒下来。想起几次去石桥，在山沟一户吴姓老汉家喝茶，用蓝花碗泡手工茶，酽酽的，吃他老太婆炸的薯片和豆子。他粗大有力的手，我握过，糙糙的，树皮一样。他的几个小孩都成家了，住在县城。他还守着这栋石砌木屋。他的屋前种了枣树、松树，栽了吊兰、射干，屋后种了梨树、桃树、板栗、李树。菖蒲是不用栽的，屋边水溪有。竹子是不用栽的，崖石缝里，拔节而起。映山红是不用栽的，放眼望去，都是。石墙是要砌好的，片石一块块砌起来，供苔藓和爬墙虎作篱笆。石井是要打的，供鱼孵化一个梦。他守着老房子，像守着他的肉身。

“这是一个好时代。”他说。

“我在等一个更好的时代。”他又说。

“我不知道能不能等得到。”他显然是个比我更乐观的人，继续说，“等得到的。”他的语气不容人质疑，也不容自己质疑。

什么是好时代呢？每个人所描绘的，不一样。盆地是一样的，也是不一样的。不一样，是因为有梦想的人，始终会在盆地上升起长明灯，生生不息。

仲春去葛源，天气晴好，到了晌午，乌云塘泥一般堆在天空。风扯开嗓子哗哗地吹，乌云水沸了似的，一团团地翻滚。和一团马蜂差不多。不一会儿，雨噼噼啪啪，冲泻着大地。树叶、菜叶，被雨打烂在地。道路上、田里、院子里，全是积水，汪汪一片。鸟躲在树窝里，愣头愣脑，羽毛啪啦啦地淌水。河道里，溪水暴涨。茶园、菜园，蒙在瀑布里。雨水肆无忌惮地涂写。午餐结束，天又晴朗，色彩明丽的山川又从水中浮了出来。万物生长的声音，再一次咆哮在大地上。

葛源盆地，带来亘古的死亡，也带来永年的生命。

格　调

“这个地方美不美？”朋友从手机相册里，翻出十几张照片，给我看，并叮嘱我，“你下午可以去看看。”我说：“我知道，这里是去葛源镇的路边，和弋阳的烈桥交界。”我又说：“那是一个瞧一眼就忘不了的地方。”

一个地方，和一个人，有很多相似之处。有些人，偶遇一次，便会成知己，坦诚相待；有些人，越交往越陌生，以至于完全疏离；更多的人，交往仅仅是一种熟悉，没办法入心。到了中年之后，便知道，人的活法，其实是一种减法，减去不必要的人，减去不必要的路，减去不必要的风景。“删繁就简三秋树，领异标新二月花。”说的，可能就是这个道理。事实上，我对照片中的村子，并没有深入踏足，只是几次路过，从车窗匆匆一瞥，但我便深深记住了。

村子叫曾家，是青板乡的一个自然村。虽是初秋，阳光还是炽热，热浪在路面上一圈圈蒸腾。印象中，曾家在葛溪河边，有弧形的河湾，茂密的野生树，静虚在一个山角的一个转弯处。进了葛源公路，路两边多了竹篱笆，斜边方格形，篱笆里，菊花开得甚是妖娆。四个月，没进横峰村子，便觉得村子多了许多陌生感。一些村子，正在变化，依势就简，铺了石头路，扎了篱笆，修了花圃，清了河道，筑了池塘，看起来，很是清爽。曾家也是如此。

“茂绿林中三五家，短墙半露小桃花。”先贤谢枋得(1226—1289，字君直，号叠山，别号依斋，弋阳人，南宋末年著名爱国诗人)写的《觅茶》，许是合了此番情境。小桃花虽然早已凋敝，零落成泥，可略斜的秋阳不负盛景，浮在葛溪，如一朵绽放的向日葵。两支溪流在村前的洋槐下，汇流。右边的溪流，来自阡陌交错的葛源，平平坦坦，被沿岸的古樟树所遮蔽。左边的溪流，从一条狭窄的山垄，悠然而出，默然。山垄里，是油绿的禾苗，山梁像牛的脊背，拱起。

这是一个小村，五六户人烟。葛溪边，毛竹葱茏。横峰高山多竹，但村子里种竹子，并不多见。南方多竹，种类也多，有翠竹、白脯鸡竹、黄杆金竹、大琴丝竹、厚壁毛竹、紫竹、黄金间碧竹、金镶玉竹、桂竹、楠竹、湘妃竹、江南竹、山青竹等。在我去过的村子里，仅莲荷的梧桐畈有成片的桂竹林。曾家的竹林，是翠竹林。翠竹，四时长茂，不畏暑寒，系浅根植物，喜高爽、疏松的酸性山土或砂质土。农家喜翠竹，不仅仅是翠竹四季俊美，英姿飒爽，更是因为翠竹柔韧性好、不易被虫蛀，而适合编织生活器具。如篾席、篮子、箩筐、鱼篓、扁篓、筐箩、椅子等。我是竹器控，喜欢手工竹编器物。四月中旬，我去葛源，在五里铺，看见篾匠在编鱼篓，全青篾丝，滚圆的篓肚子，我满心喜欢。广州来的朋友，看见我买的鱼篓，追问是哪里买的，她也想买。我说，只有一个，送你吧，也算是一方山水的纪念。

翠竹林，最适合鸟筑巢。我在林下，抬头瞧瞧，看见了好多鸟巢。果鸽、山雀、乌鸫、莺、相思鸟、灰雀，都十分喜爱把巢筑在竹桠上。竹林蛛网多，飞虫多，益于育雏，竹叶茂密主干高拔，免于鹰蛇等天敌袭击。幽深的竹林，静默如大海。可风雨来临，又如琴弦嘈嘈切切。风在竹梢间，留下了痕迹。竹林开始汹涌，“沙沙沙”，山瀑飞溅一般。雨来了，“噼噼啪啪”，落在竹叶上，溅落的水珠被风摇了一地。睡在屋里的人，听到竹林的声音，便知道雨势有多大。即使无风也无雨，在清晨，在黄昏，竹林也是喧闹的。早飞的鸟，晚归的鸟，在林间嬉闹，“叽叽喳喳”，抖落着羽毛，好像每一天都是好日子，每一天都是好心情。人活得，似乎无比愚蠢，哪有那么多坏心情呢？即使没有鸟（鸟入睡了，像消失了），竹林也是喧哗的，只是我们听不见。月光来了，水雾一样蒙下来，竹叶透亮，竹稍间有迷蒙的影子。月光有了情侣之间的呢喃，溪水低低鸣唱。我们听不见——在尘世久了，耳朵会失聪。

仅仅一片翠竹林，便给人美好遐想。

村里并没什么人。几个做工的人，在锯木板，在翻修老房子。这是一栋石头房，可能是无人居住的缘故，紧锁的木门给人一种远古的感觉。砌墙的石头是河石，拳头大，滚圆，砌成一条条墙线，以至于，一面墙，看起来，和一块褐色麻布差不多。但远远看去，石头房和一架风车十分相似。风车是古老又拙朴的木质器具，摆放在院子里，和一头黄牛又相仿。在村里，站得久了，看着树梢剪落的晕黄阳光，我便感觉一栋老房子，似乎是整个南方生活气象的浓缩。在横峰，我在几个小村里，都看到了这样的生活气象，比如新篁的茶园，比如梧桐畈的荷花，比如司铺的菜地。比如曾家院子前的枣树柚子树——当我们驻足在篱笆边，或一栋废墟般的老屋里，或河边的一棵树下，我们看见了什么？于我而言，看到的不仅仅是景象，而是一种气息幻化而来的南方生活。

孟浩然是个有生活情趣的人，粗衣麻布，有朋友摆好了酒菜，请他吃了一餐，还想吃，他就说，待到重阳日，还来就菊花。多可爱的老头。设若他看到曾家的菊花，只要有酒，有笔墨，我估计他是不想走的。曾家的路边，开满了秋菊。菊有百叶菊、金光菊、绣线菊、雏菊、墨菊、金盏菊、向日葵。菊开好几华里。菊是隐逸的象征。陶渊明《饮酒》写道："采菊东篱下，悠然见南山。"但曾家的菊深谙秋境，给人春日再来的炙热感。炙热，就是不息不灭。炙热，就是生命的欲望。所以，我愿意想象，住在曾家石头房里的人，不是陶渊明，而是杜甫。杜甫穷得没酒喝，热爱生活的性情丝毫没有堙没，他坐在院子里，"肯与邻翁相对饮，隔篱呼取尽余杯。"有客人来了，"花径不曾缘客扫，蓬门今始为君开。"菊花正妍，溪流澄明，适合傍晚时分，来几个客人。

花在人来的地方盛开。

来了曾家，我恍然知道，我为什么匆匆一瞥，便记住了它。它有一种格调，古朴儒雅，又有南方淡淡乡愁的忧郁，适合缅怀。像一个千里去投奔的怀抱。

日暮问渔舟

到建作村，已是傍晚。菜已经上桌了，但我还是在岑港河边的凉亭里，坐下来，细细品茶。开阔的岑港河，夕阳斜照，光圈浮动，裸露的河滩上，水牛在吃草，水鸭被一个赶鸭人，赶往河堤回家。

岑港河是我十分熟悉的河流，自北向南，从灵山山脉而出，在丛林里慢慢游弋，弯弯曲曲，汇入信江。上游是一条小溪流，水却深。我住的小区，邻近菜场，菜场有一个卖鱼人，每天早上，他骑一辆电瓶车，车上载着两个自制的鱼箱，鱼箱里是河鱼。河鱼一般是黄颡、泥鳅、鲫鱼、鲇鱼、皖鱼。熟人都去买他的鱼。我去菜场，也是先去他鱼箱里瞄一眼。不熟的人，问他："你这个是野生鱼吗？怎么那么贵？"卖鱼人四十来岁，个儿高，黑，瘦，话多。他蹲在地上，一手拿着剖鱼刀，一手按住鱼身，仰着头，说："这些鱼，都是岑港河的，在姚家、港边、湖村这一带水流，鱼多，没污染。"买鱼人又问："那我怎么相信你，买卖人最不可信了。”卖鱼人又说：“那隔壁那个卖的鱼，是懂团河里的，也是野生鱼，但吃起来，泥腥味重，我这个鱼，你不放调料，放些姜蒜和盐，煮半小时，你一个人可以吃两斤。”买鱼人，还是不信，说：“岑港河哪有这么多鱼呢？”卖鱼人站起来，说：“你知道岑港河吗，在横峰的，水有好几米深，鱼躲在深潭里，大鱼还十几斤呢。”边上等着杀鱼的人，不耐烦了，说：“快点，还等着去上班呢。”卖鱼人又蹲下来，杀鱼，切块，嘴巴里嘟囔着：“岑港河的鱼，是这一带最好的鱼了，你不买，要不了一下子，便没鱼卖了。”有一次，我很认真地找卖鱼人谈了，说：“你的鱼都是岑港河？我认得出，每天至少有一半的皖鱼，是来自水库的。”卖鱼人嘿嘿地笑，说：“岑港河哪有那么多呢？你怎么认得出来呢？”我说：“河里的皖鱼，全身青黝黑，和青苔一样，你的鱼大部分是麻褐色。”

在横峰县城，红星场路口，有一家小餐馆，我去吃过。也是无意之中找到的。开餐馆的，是一对夫妻，男的掌勺，女的管账。餐馆，只有我一小桌客人。我在水池里，看到各种河鱼、泥鳅、黄鳝，还有甲鱼。我问管账的：“你怎么有这么多野生鱼呢？”管账的说：“我爸爸是捕鱼的，每天晚上，都在岑港河。”我说：“是电打的吗？”管账的说：“下网的，上半夜下网，下半夜收网，一个晚上也就网十几斤鱼，杂鱼多。”我等三人，把各种鱼都上了，吃完，说：“下次吃鱼，来这里，这里有好东西。”

当然，不是因为鱼，知道了岑港河。知道岑港河，是因为灵山。灵山以东西走势，横切赣东大地，溪流众多。但有两条信江中上游的主要支流，来自灵山。灵山以北，是饶北河，灵山以南，是岑港河。两条支流，像风中的两条飘带。而横峰的姚家乡，是岑港河下游的重要城镇。在农耕时期，岑港河是灵山南部乡村通往外面世界的主要水路。也是兴安窑瓷器，行销世界的主要通道。

瓷器，是横峰县消失的文明。像一个帝国，堙没在时间的沙尘里。在北宋时期，岑港河边的岑山下，窑火如烈日，长绵不息。明朝嘉靖三十九年（1560年），从上饶、弋阳两县划出一部分地域，建立兴安县，隶属广信府，瓷窑遂定兴安窑，是江西名窑之一，兴盛一时，曾传“兴安有一百口井、一百座桥、一百余碓、一百座窑”，可窥见当年“民工荟萃，窑场盘耸，炉火撩云，瓷城映月”之气象。县城东郊，仍有两个自然村，和窑文明密切相关，叫上窑口、下窑口。我亦多次探访旧窑址，残垣断壁，瓦砾破碎，砖块霉裂，芭茅凄凄，不免使人伤感。北宋时期，浙江丽水人躲避战乱，举村迁徙，来到灵山脚下，沿岑港河散落而居，筑窑，伐木造船，掘土烧瓷，把龙泉窑的青瓷工艺在信江流域，百代相传，生生不息。但最终尘归尘，土归土，没办法逃脱时间的荒流。据县里的人说，在旧窑址上，正规划建设一座兴安窑的博物馆。兴安，以窑而盛。窑就是兴安人的宗庙。

川流不息的，是河流。岑港河，从亘古而来，向亘古而去。它默默地流淌，似乎要告诉我们什么，但始终沉默如初。我也曾多次在岑港河边，溜踏，往返。水，还是一样的水，水，不是昨日之水。河，还是一样的河，河边的人，却不是一样的人。河，带走的，却不再带来，带来的，又会被带走。带不走的，是河中山川的倒影，和夜晚星点的渔火。

建作是姚家乡下面的一个村，临河，呈扇形散开。我们吃饭的餐馆，颇有岑港河水岸风格。餐馆名“建作人家”，由民房以旧修旧，院宅围墙以旧瓦垒成空窗，院前是凉亭。凉亭下，是古老的码头。码头栓船只的青石，依然还在。高大的樟树，依河簇拥。不远处的青山，渐渐有了朦胧的黛色，屋顶上的炊烟，和晚雾融为一体。河水涌过河石，翻出白白的水花。年前，我来过建作，大雪初融，沿着河岸溜踏。河岸是原始的樟树林，藤萝绕着树身，挂在树枝上，乌鹊啾啾，白鹭低翔。

在喝茶的间隙，白鹭飞来。这是早秋，越冬的白鹭追着星辰来了。星辰是鸟最高远的地平线。古老的码头下，草青草长，白茫茫的河面，麻鸭还在浮游。四野无人舟自横。码头上，若有一叶渔舟该多好。渔舟唱晚，南山悠见。这样的情境已不会再有。我抬头望望，两岸已万家灯火。

山河故人来

港边河，在初春，随田畴里的野花，绽开了。水绿的南方，柳枝还没完全抽出芽穗，鹅黄色却漾满了枝条。丁酉年，桃花比前几年来得更早些，像个急迫赶路的人，千里迢迢，一刻也不停歇，来到港边河沿岸，在枝头上投宿。在亭子上村，鹅肠草星黄地散落，似乎在说：看见花开的人，是大地漫游的灯盏。

这两年，我去过多次横峰，去看小村子。每一次去，我所看到的，村子像花朵一样，随四季变着多色的情调。去年初夏去官田村看高山梯田，田埂杂草丛生，芭茅和野蔷薇似篱笆扎在路边。年冬去，梯田正在翻耕，黑色的田泥被犁铧耕上来，像一条条粗壮的麻花。泥浆乌黑黑，可要不了一餐饭的时间，泥浆沉淀，水清澈如境，倒映着蓝天。山垄在两边收缩，像牛的脊梁。站在山梁上，往下看，觉得梯田是一块放大了的水墨。这里曾是撂荒的山田，稗草和野麦草给山村衰败的气息——

田空了，是人的心里有一部分空了。官田人垦了荒，种了油菜，各地摄影的人来了，过路客驻足了。事实上，我爱看这些有着原始格调的村子，会唤醒我们久远的记忆，仿佛那是我们曾经酣睡的地方，是我们停下来不想再走的地方。溪水在潺潺地流，翻卷的白水花也会在我们心里激荡。

元宵之后，天渐日暖，窗外的黄梅花已凋谢，玉兰耸起花苞，我便想着去莲荷看看，虽然莲荷的千亩荷花还没种下去，赏荷花还待时日，蛙声四起雨打荷叶还不会有，我还是想去看亭子上的春水，想去看上畈的枯荷。亭子上蜿蜒的河水环南，洋槐和香樟把田畴分割出不规则的椭圆形。毛绒绒的雨丝，像被风吹散的丝絮。轻雨湿衣人不知。新绿的草圃，雨珠白白的透亮，金盏花粉黄娇羞。白墙黑瓦赭色的墙边，有几分拙朴雅致。河水在桥洞下，哗哗地叫。坝上的水车，被激流摇动起复调般的歌谣——咿呀，咿呀，我不由自主地想起了另一支堙没的民谣——再也无法看见的炊烟。炊烟和水车，是乡村的图腾，犹如牧童和笛声。

离亭子上不远处，便是千亩荷花苑。荷花开起来，有一种雅洁，也有一种妖艳，像个伶人。记得早年看张国荣主演的《霸王别姬》，我便觉得程蝶衣是一朵荷花，华美得像个妖精，高洁得像个妖精。世人爱妖精。但很少人会爱枯荷。枯即老去，与槁同析，即光秃。枯是死或接近死的一种表达，是不会有人喜欢的。世人皆爱草木葱茏，百花怒放，流水奔放，爱万物的热烈和峥嵘。枯是生命的一种形式。枯，不是结束的尾声，而是轮回的开始。没有枯，便没有荣。即使是凋谢，也是以凋谢的形式迎接再一次绽放。上畈多枯荷。荷叶是枯褐色，像遗忘的破草帽。荷茎斜斜地弯曲，形成弧形。肥绿的墨荷叶，是饱满的，会让人勾连起圆润的水珠、鼓噪的蛙声、唱起小曲的采莲人、星夜的淡淡月光，而枯荷给人惨败肃杀的悲凉之气。我可能偏爱枯荷多一些。枯荷是沉寂的荷，像蛇蜕，把花美的颜色褪下来。

雨丝如织。四野空蒙。

或晴或雨，大地所呈现给我的面貌，都是初始的面貌。我在田野，或在村子里，我毫无期待地走来走去。我喜欢这样走。我会感到自己心里装满了大地和天空，皮肤会长出青苔和地衣。年前，去龙门乡的坊源村，我双脚迈进村子，便被眼前的景象迷惑了。一个山中湖泊如一块倒扣的天空，有萤火织出的蓝。一条弯道沿湖泊入山垄，村子赫然。冬雨毫无征兆地到来，倾泻而来，噼噼啪啪的雨声笼罩了山野。仿佛一个村子，只剩下了雨声。沿细细的溪流，溯源而上，屋舍沿山边而立，高大的冬青和木荷墨绿墨绿。树叶像一层板结的油漆，雨落下来，清脆的啪哒声，密密麻麻。屋舍后是高高的山梁，山梁披了一层黄褐色的杉。低矮的山坡，是垦出的梯田。村舍的巷道边，是山泉水冲刷形成的沟壑，被村人以石砌成水渠。石埠桥搭在水渠上，有悠然的境界。雨水从梯田的放水口，流进水渠了，汇集到溪流。石拱桥跨过古树下的潭口。我站在石拱桥上，四处望望，似乎这个村子一直是我所熟悉的，虽然我是第一次来。在山民家做客，喝山泉水泡的野山茶，烤着木炭，我觉得人生无比地美好。

在一个陌生的村子或在一片田野山林，我常常能在出其不意的时候，找到我内心所需要的东西，不仅仅是远去的记忆，也不仅仅是风景，而是我曾拥有又缺失的那一部分。缺失的这一部分，是有关“我从哪里来，我到哪里去”，有关温暖的描述，有关脚步的停靠。我们似乎一直都在出发，从一条河流的出生之地出发，途径车站、码头，去往无数个陌生的城市，住不同类别的酒店，和无数人的握手和挥手，却不知道自己应该在哪儿停靠，如不系之舟，随风颠簸飘荡。我在村野，随处而走，像是在寻找，不是寻找所需要的慰藉，而是寻找自己无法回答，而别人也无可告之的答案。

横峰的很多小村子，或田园，适合我放牧自己。我去走的时候，我便认定自己是那片山那条河的故人。和它们重逢，和自己重逢。

门

一扇大门，究竟迎接了多少人？送走了多少人？我不知道。

一栋房子，无论它有多庞大，它只有一扇大门。大门，是房子的脸部。饶北河边的房子，大多塀土房，坐南朝北，或坐西朝东，长四边形，中间大门进去，是厅堂，左右两边各有一间厢房，厅后叫后堂，左右两边叫偏房。这样的房子叫三家屋、四塀。也有六塀，或八塀，在厢房和偏房之间，修一条叫风弄的通道。也有大户人家的院屋，里外两栋，两边厢房相连，中间大天井，厅堂两个，前厅请客，后厅祭神。院屋和南方的祠堂差不多。一栋院屋，至少可以住四户人家，左右各开一条风弄。

大门，都不能挑粪桶进出，人和六畜平等，污物避开大门而行。邻里之间，无论有多大的仇恨，即使有杀父之仇，也不能把茅厕建在别人大门正前方——杀父之仇可以报，茅厕建在别人大门正前方，会引起全村人公愤，也就失去立足之地。大门是正前门，我们上门做客，即使身份再卑微，年龄多小，必须从大门进去，以表示体面光鲜，从侧门或后门进去，有些灰溜溜，做事谈话，不堂堂正正。不堂堂正正的人，受人鄙夷。门是一个家庭威严的地界。进门便是客，再好的邻居，再近的邻居，再仇怨的人，进了门，都得摆椅子让座，若是吃饭时间，还要让桌，请邻居一起上桌。夏季昼长，下午会有一餐点心，烧面条，煮绿豆粥，蒸灯盏粿，搓饭麸粿，再苦的人家也有一碗葱花炒饭，进了门的人，都要留一碗。

妇人吵架，都站在路边，或巷子，或洗衣埠头，拉起架势吵，吵个半天，吵累了，坐一会儿，继续吵，唾沫都吵没了，脸部抽筋，过个十天半个月，又和好了，有说有笑。但不能在家里吵，没有谁坐在别人厅堂吵架的，会被人用棍子打出来。二十世纪八九十年代，乡镇实行计划生育，对违规生育又不缴纳罚款的人，政府派人把猪圈里肥猪拉出来杀，把谷仓里的谷畚出来卖，把屋顶捅烂，还炸房子，轰的一声，房子掀掉半边，但大门是要留着的。炸了大门会惹杀祸上身。

再穷的人家，都有一扇厚实的大门。房子再烂，大门不能烂。大门的木板，必是老木，杉木或苦槠，木头在家里陈放上十年，锯开，做门板。现在盖房子，大门用料是镀铜水的铝合金。铝合金门色彩鲜亮，易清洗，显得气派堂皇，十年八年后，铝合金氧化，烂了。有钱的人，买实木门，厚重。我盖房子的时候，做一扇什么大门，问了很多人，也征求我父亲意见。父亲说："木门好，但不要实木门，实木门用不到几年，会开裂。"我表弟水根是个木匠，常年在顺德一带做实木家具，我问他，他说："自己买木头，自己做，是最好的。"实木门的门板是物理脱水，不是阴干的，时间长了，会膨化，热胀冷缩很厉害，陈年老木不膨化，门板腐烂了，也不开裂。可到哪里去买陈放了十几年的老木呢？一次，表哥兴泉来看我母亲。他开了锯板厂。我说："要陈年老木，做木门。"表哥说："哪来这样的老木，不过还有比陈年老木更好的木料，用上一百年也不腐烂也不开裂。"我说："这样的木料，谁买得起呀，不就是金丝楠木吗，或者红豆杉，是国家严控的。"表哥笑了起来，说："地主也用不起呀，老房子拆下来的圆柱，锯开，做门板，是好得不能再好的了。"过了一个多月，表哥来电话了，说："木料找到了，你来看看。"两根圆柱，是老房子的中柱，四米来长，老杉木，木质还是浅黄色，手拍起来，"嘣嘣嘣"，像拍在绷紧的鼓面上。我说："要了，做三分厚木门，上三道清漆，雨水不沾边。"房子上大门那天，父亲用手一遍一遍地摸大门，还用力甩几下，说："这门好，厚重，拙朴，有村野大雅之气。"我的脸笑得像个裂开的核桃。

门，就是要把一个空间密闭起来，也是要把一个密闭空间打开。门是一个空间对另一个空间的防守与开放。门是矛盾的统一体。一栋房子，有很多门。大门，后门，侧门，房间门，风弄门。还有院门。枫林没有院门，可能是山多地少，宅地不足吧。进山五里，我有一个舅公，即我母亲的舅舅，有院门。我还是十四五岁，进山。翻一座山，到山谷底，偷砍松树做柴火，我把松树扛到半山腰，被几个人追了上来。我扔下木头，往山顶跑。饥饿，体力不支，我没跑多远，被几个六十来岁的人抓住了。一条猎狗，围着我，汪汪汪狂叫，我吓得瘫软。我属狗，却十分怕狗。其中一个满脸胡楂的人，问："你是枫林人，还是洲村人？"我说："枫林的。"又问："你是谁家孩子，敢偷木头，这是犯法的。"我说："傅家的。"问我的人，一下子语调温和起来，说："你是傅家第几个孩子。"我说："第六个。""兰花的老六，都这么大了。"满脸胡楂的人说。我看看他，不知所措。我知道，我外婆出生在谷底叫坳头的小村子，但我从来没去过，我有三个舅公，三舅公还是一个远近闻名的猎人，一把土铳震四方。满脸胡楂的人，正是我三舅公，怪不得他跑山路那么快，像头野猪。他看我饿得人都瘪了，带我去他家吃饭。我第一次去舅公家，也是唯一一次。我第一次看见了高大的院门。山边的房子临一条宽阔的山涧，涧水哗哗哗，冲击着巨大的涧石。土夯的院墙，有两米多高，瓦压在芦苇上，芦苇压紧墙垛。院门有三米多高，门轴是粗大的枫树兜切开的，门槛高过我膝盖，门板厚实，推开，门轴咿呀作响。院门上，盖了一个蜂窝形状的大门垛，是厚木板上垒土砖的。开了院门，一个椭圆形的院子豁然开朗，柚子树、枣树、梨树、枇杷树，长出了院墙。高大的院门，自有一种猎人的凛然之气，威武，强壮。再猛的野兽，也侵犯不了院中牲畜，伤害不了家人。

古代的财主或员外，有家丁护院。院侧有弄堂门，弄堂门之上有阁楼，阁楼有暗哨，看见外边来人。晚上关了大门，客人从弄堂入院。护院睡阁楼，若是不义之徒入院，护院从阁楼跳下楼，以棍棒刀枪锤偷袭。大门也有讲究，两侧各有小门，门槛高且厚，普通客人从侧门入屋，贵胄之人才能跨大门。门口有两墩石狮子，憨态而威武。锁是大铜锁，锁侧有猫眼门孔，门外一览无余。也有门栓，是一根圆柱粗的原木，栓门，要两个人抬起来，穿进栓套。在枫林老式祠堂里，还可以看到。

车马盈门，是世俗中人所奢望的，多好，日日宾朋满座。

书香门第，多好的人家，诗书礼贤，是理想的家境。

名门世族，甲胄之后，三代出贵族，五代出世家，是个门阀。

相门出相，官是世袭的，种田人的子嗣想做官，太难，读再多的书，不倚门傍户，难出头。

饶北河两岸贫瘠，有望族无世家。大多是撑门立户，席门蓬巷，筚门圭窦，沿门托钵，织楚成门，窄门窄户。穷人重子嗣，多生育，望芝麻开门，望鲤鱼跃龙门。门是命运的高度。越生育越贫苦。

乌衣门巷，户户捣衣。也是南方胜景。南方多河流，河流多支汊，支汊多水沟。水沟经过户户门前，有激越水声。雨夜，流水摇动铃铛，清脆悦耳。夜风轻轻地扑打门环，像个夜归人。门环是门的拉手，关门的时候，把门环拉起来，合紧门缝。门环也相当于叩门的手指，用手拉着门环，击门，“当——当——当——当——”，轻轻叩，是对人的尊重。“当当当，当当当”，门环敲得急促又响亮，是遇上了急事，上门求助了。赤脚医生的门，通常响起这样的敲门声，可能病号到门口了，也可能病号出不了门，急需上门急诊。门环，铁质，圆形，和手镯的形态差不多，像门的耳朵。

天亮，门就要打开。这是人对生活的宣示。门打开，厅堂里，有了人来，也有了人往。我们去耖田，去拔稗草，去收麦，去晒谷。我们去上学，去摆摊设铺，去走街串巷，去翻山越岭。我们去访亲问友。我们去拜师学艺。我们走出门，去很远很远的地方。我们去幽会亲爱的人。也有乡邻来坐，谈天气，谈恩怨。也有提亲的人来了，好茶好饭好笑脸相待。阉猪的人，来了。割鸡卵的人，来了。摇拨浪鼓的人，来了。配牛种的人，来了。郎中背一个褡裢，来了。找酒喝的人，来了。问路的人，来了。挑担歇脚的人，来了。躲债的人，来了。回娘家的人，来了。借钱的人，来了。卖水桶的人，来了。沿街吆喝“磨剪子嘞——戗菜刀”的人，来了。收鸭毛鹅毛的人，来了。

有每天都要来坐坐的人。有一年来三五次的人。有三五年来一次的人。有十几年来一次的人。有一生只来一次的人。有来了一次再也不来的人。有频繁来却突然不来的人。

有凌晨就来的人，这是报丧的人。有半夜突然来的人，是走投无路的人。

有吃饭时间来的人，是嘴馋的人。有喝上茶就不想走的人，是孤单的人。

有说完事就拔腿走路的人，是命苦的人。有吃了午饭等晚饭的人，是无处可去的人。有看了一眼就走的人，是失望的人。有看了一眼还想问的人，是留恋的人。有来了就痴痴呆呆的人，是有口难言的人。

一扇大门，把这些人迎接了进来。门，迎接了相熟的人，也迎接不相熟的人。相熟的人，有的会变得日渐陌生。不相熟的人，有的成了知己。我们坐在门里，等待一个人来，等一天，等一年，等十年，却始终不来。我们也“屐齿印苍苔，小叩柴扉久不开”。我们也“雪夜柴门闻犬吠”。

新娘穿大红的衣服，盖着红绸盖头，在炮仗声声中，在唢呐欢快的调曲中，牵进了我们的大门，抱进了房门，成了我们的堂客，生儿育女，相守在一扇大门里，日日开门七件事，柴米油盐酱醋茶，脸有了皱纹，乳房扁塌，双鬓白斑，儿女又顶门壮户了。

姑娘被舅舅抱出大门，抱上花轿，远嫁。这扇大门，将在她一生的梦中，拍打，关了又开，开了又关。

被抬出大门的人，却再也不会回来，去了一个没有门的地方。每一个人，最终都是从大门抬出去的，穿上干净的衣服，盖着白布，眼睛再也不会睁开。一扇大门，要抬出多少人，也是不知道的。

一扇久久锁着的门，里面一定有一个曾经长久居住的人，里面放着我们再也不忍目睹的物件。比如一本书，一把二胡。比如一件蓑衣，一顶笠帽。比如一双鞋，一袭外套。比如一只箱子，一个木匣。比如一封旧信，一支帽笔。我祖父故去之后，他住过的房间，在很多年里，我都不敢推开那扇门。门右边，有一张床，还铺着草席，挂着蚊帐，竹椅子还靠在墙边，酒瓶里还有半瓶酒，鞋子里还塞着袜子，拐杖还斜放在门后。每次进那个房门，我都要站半天。当我们分离，人世间，最温暖的东西，不是茶壶，不是锅，不是火炉，不是棉絮，而是恋人的唇，和亲人的遗物。当我们分离，人世间，最寒冷的东西，不是冰凌，不是灰烬，不是孤枕，不是残月，也是恋人的唇，和亲人的遗物。上帝不是关了一扇门，却开了一扇窗，而是先关了窗，再关门。所有的门窗都关了，我们被抬出了大门。

事实上，每一人，都有一扇属于自己的门。有人在门里，等待我们去敲门。我们也在门里，等待门环叩响。“当——当——当——当——”。

有些门，我们已经无法敲开。

松脂滴落。门外月光如海。温和的夜，想起这些，我心扉痛彻。

炊　　烟

水即将烧开，那个口渴的人，又走了。我继续孤零零地坐在门口，承受夜晚来临。我早早预备好了的茶叶，会面临受潮发霉。我洗净了的茶杯，又会蒙尘结垢。炉里的火，无辜地发胀，无声无息地成为灰烬。沸腾的水，已无人关心。口渴的人抱着枕头失眠。夜晚终于来了，无人知道夜晚有多漫长。我不打算关心别人，不写信，也不遥望天际，更不打算关心自己。我要看着被囚禁在自己心里的幽灵，脱下黑色大氅，游荡，跳舞，她露出了玉脂般的后背，马峰腰，羊皮鼓一样的翘臀，张开的双臂是一种飞翔的姿势，修长的腿成了尾羽——我所说的是炊烟，适时升起，又适时飘散，最后不见影迹。

我迷恋遥远的气息，不着边际的气息。

我迷恋旷野空荡荡的膨胀感。

我迷恋和一个漂浮的人，相隔千里说话。我热爱与星宿说话。

我迷恋死亡珍藏的秘密。

一片屋顶上，一缕炊烟和另一缕炊烟，纠缠在一起。就是一场风和另一场风，纠缠在一起。就是一团火的幽灵和另一团火的幽灵，纠缠在一起。

生起炊烟的人，和我们的生命有关。第一缕炊烟，是白昼升起的帆。河埠有了挑水的人。田畴有了下肥的人。浆洗衣裳的棒槌，“啪啪啪”。电线上的麻雀，“唧唧唧”。向阳的青山被阳光涂抹了一层油脂。大米在锅里，“突突突”，冒起了密密麻麻的白泡，米羹水慢慢浓稠，米脂油吸附在铁锅边沿，变成一圈膜。母亲把茅草扠进灶膛，呼呼呼地烧，烟翻卷地涌进了烟囱，从囱口冒出，绵绵的白。

盖房子的时候，我母亲特别对我父亲交代，说：“盖房子，我不插嘴打岔，但做柴火灶，要我说了算。”做柴火灶，师傅是母亲选的，垒灶的时候，母亲也站在师傅身边，看着。柴火灶是里外两个大锅，灶台三级，两个抽烟口连通大锅下的两个灶膛，连接灶台的是一根烟囱，用砖砌，四边形中空立柱，一直高出瓦屋顶，四面有囱口，盖着荷叶一样的瓦帽。最好的灶膛是快速通风，快速抽柴烟，一把火能烧热铁锅，过热面积大，灶膛的温度集中，柴烟不跑出膛口，不呛人。一个石匠师傅，最难做的，不是夯墙，而是垒烟囱。垒烟囱的工钱，是夯墙的两倍。垒柴火灶，用料也讲究，砖必须是干燥发黑的，石灰不能受潮，黄泥的黏性要强，灶头的石面板是磨光了的青石板。灶台下，有一口长方形小锅，是储热水的，烧菜添水，用一个竹舀水筒，舀出来，适度地沿锅边一圈，浇下去，水磨蹭铁，蒸汽扑腾。菜烧完了，用小锅热水洗锅，竹刷唰唰唰，油脂和菜渍，浮了一层。洗三次，锅洗出乌黑的亮，露出铸铁的原色。灶台上，贴了一张灶神像，红色渐褪发白，面目不清。灶神像前，有一个小香炉，插着燃尽的香头。灶头，是烧菜站人的地方，左边有一面白墙，或一面木板墙，墙上挂着锅铲、菜刀、镂洞的竹筒。竹筒有两个，一个倒插着筷子，一个倒插着长短不一的勺子。洗了的筷子勺子，有滤不干的水，从镂洞滴下来，“吧——嗒——”“吧——嗒——”。像一个计时器，比秒针慢比分针快。墙下的青石板，摆着几个罐头罐，各有辣椒粉末、粗盐、白糖、豆酱、板结的猪油。灶头下的灶墙，中间部位，砌成内凹，摆放鞋子，以待烘干。烘干了的棉鞋，穿在脚上，软绵绵，吸着脚板脚背，很是舒爽。

膛口前，在烧饭的时候，通常坐一个人，负责添加柴火，添柴火的人，边烧边看着锅里，烧什么菜需要什么火候，菜烧到什么时候需要什么火候，什么火候需要添什么柴火，烧灶的人，心里很清楚。菜不焦油不烧，是烧灶的功夫。刀快水滚，一餐好饭菜上了桌。烧灶的人，手边不离四样东西——柴扠，灰铲，柴刀，火钳。柴扠由一个铁叉子和一根圆长木棍构成，木棍的尖头插进铁叉子，用来扠柴火，扠茅草扠稻草扠树叶扠松毛，扠进灶膛。灰铲也由一块铁铲和一根圆木棍构成，用来铲灶膛下的柴灰。柴刀负责劈柴，或把柴枝砍短，方便柴扠扠柴。饭菜烧好了，灶膛里还有红红的木炭，火钳把木炭夹进土陶瓮里，瓮口用蒲团盖实，把木炭储备起来。厨房多八脚虫、蜈蚣、壁虎，吃苍蝇蜘蛛，火钳成了杀器，夹住壁虎，扔到几米外的另一户人家屋顶。

饶北河多山。山上，多茅草多芭茅多灌木多松杉，也多石煤。但无人烧石煤。石煤烟气烂锅，烂木料，烂衣裳，烂铁钉。我们七八岁，挑一担竹萁，便上山割茅草，耙松毛，耙油茶树叶。耙具是一根竹棍，两米长，竹棍的一头，有一节，用刀破开，等宽，煻出竹油，熏黄熏黄，育出耙的模样，像一只张开五爪的手。耙具还可以当棍子用，挑竹萁。干茅草干树叶，特别好烧，“轰，轰，轰”，在灶膛里，嗞嗞嗞响叫，锅里的细碎青椒在热油里也嗞嗞嗞响叫，冒出呛鼻的油烟。烟囱口里吐出的烟，很淡，白白，细细，一圈一圈，即使没有风，也很快散了。我是一个不愿爬山砍柴的人，在山路边，砍枯死的藤萝，砍野莿，砍油茶树枯枝，用一根绳子绑起来，挑棍一头扎一捆，挑回家，烈日翻晒三五日，烧起来，啪啪啪响，很经烧。也有短缺柴火的时候，临时上山砍柴，柴湿，水分足，在灶膛焐半天，再烧，烧起来浓烟滚滚，眼泪水呛出来，烟囱口冒出来，也是黑烟滚滚，像烧窑。我十三岁那年，正月初一便断了柴火，烧木板，烧了三天，父亲心疼了，说木板烧了，以后打家具还要买木板，还是上山砍柴。山上有厚积雪，谁也不愿去，父亲一个人绑一把柴刀上山。我母亲对我说，积雪上山，一个人危险，你去做个伴吧。我和父亲走了五里多山路，到水库库尾的山腰砍柴。山路是油滑的黄泥路，冰冻之后更是溜滑。冰在脚底下，啪啦啦地碎裂。那天，我们一边走路进山，父亲一边对我讲事。讲了很多，我都不记得了，一直没有忘记的，是父亲说，你要好好读书，要走出深山，读书是唯一的一条路。也许吧，山在父亲的眼里，是一座牢笼。牢笼里的人，是世间最苦的人。

柴火是炊烟的前生。炊烟是对山林的回望，以消逝的方式。

我从来没有哪一天，看见母亲离开过厨房。做一个多口之家的厨娘，在物质匮乏年代，那种艰辛，外人很难体会。每次烧菜，我便站在灶沿边上，我喜欢看母亲烧菜，喜欢母亲衣上的油烟味。油烟味是一种混合体，有油味、辣椒味、生姜味、爆热的粗盐味，有柴火味，有沸腾的水蒸气气息，有熏肉的烟熏味，有暖烘烘的气息，这样的油烟味，是一个家园的浓缩。

屋顶上，有炊烟升起，便有灯亮起。炊烟不再升起，屋舍便是废墟。

炊烟，一直作为一种幻象存在。也是我们回首时，反复出现的假象。我曾一度厌恶炊烟，厌恶它毫不节制的抒情气息，假意的，不明真相的抒情色彩。它屏蔽了屋檐下和日头下的盐渍，屏蔽了褴褛和饥饿。它是铺在屋顶上的白雪。我憎恨炊烟。它让我们看不到指甲缝里的泥垢，看不到浑浊的眼睛，看不到一条田埂路要弯几个拐角。它只让我们看到茂密的洋槐林，交错的河汊，和山边黄昏时慢慢垂降的薄雾。

当我每次看到母亲的身子，越来越佝偻，脊骨几乎变形，她还要日日烧饭，在厅堂里，她和她相守了六十年的人，坐在一张大桌的两个角落，吃自己种的菜，我便无比自责。炊烟，不是从烟囱里冒出来的，而是从母亲喉咙里冒出来的。母亲，事实上，是炊烟的雕像。母亲把火柴唤醒，火柴把柴火唤醒，柴火把一家人唤醒，挑粪种菜，垦荒开地，播种收粮，摘棉剥麻。

炊烟是柴火喷发出来的花朵，一天开三次，每次开到云端之上，让流徙异乡的人，可以在千里之外遥望。花朵有了皱纹的模样，有了河流的形状，有了南风的温暖，有了草木的俊俏。这是唯一可以永恒的花朵，和《诗经》一样古老，和《诗经》一样年轻。我们依稀有了可以描绘的梦境，把咳嗽、脚步声、酣睡时的呼噜声，把竹竿上晾晒的旧衣裳、窗台上的药罐、饭桌上的半碗菜汤，细细地描绘出来。炊烟成为梦境中移动的路标，指引着异乡人，溯游而上，在一个向下的埠头，走下乌篷船，经过一条红蓼花铺满的弯曲小路，拐过一个竖了石柱屋界的巷子，在一棵大樟树下，推开一扇厚重的木门，看见一个年迈的人，穿着紫袄，在灶头前切菜蒸肉，听见灶膛里的木柴呼呼呼地低叫，乌黑黑的木柴烟像水泻入涵道，涌入烟囱，从屋顶翻身而出，洗刷焕然，慢慢升起。这个异乡人，再一次闻到了棉花里怎么也洗不掉的油烟味，竟然像个孩童。

看不见炊烟的人，都是口渴的人。口渴的人，都是孤单的人。

孤单的人，迷恋孤单的气息。一双旧鞋，一盒潮湿的火柴，半袋葡萄干，去年的红枣，晒干的南瓜圈，一本没有封面的连环画，秋阳下的豆酱，陶罐里的陈年葛粉，棕叶绑起来的红薯粉丝。

口渴的人，是患慢性疾病的人。他爱上了慢性病。这种病，几天会发作一次，米泡在热水里一样，柴搁在火堆上一样。

月亮来到窗前，我坐在火炉边，烧水煮茶，等待口渴的人。这个人，和我有相同的病。我要这个人，说很多温软的话，轻轻说，近乎耳语。说起蓝布裙，说起饱满的脚踝，说起不舍得给我看的花苞，说起木柴和木灰，以及木柴从火中跑走的那一部分。跑走的，又像幽灵，跑回到我心里，游荡。

摇　篮

屋舍里，始终会有一艘小船，在床前、在窗前、在厅堂，静静地，以歌谣的方式行驶。手是桨，身影是帆，摇啊摇，摇到了恬美的梦乡。船沿着母亲的脚步行驶，没有飓风恶浪，椰风徐徐，月光朗朗。——摇篮，是人来到这个世界上，乘坐的第一艘船，母亲是舵手。

饶北河乡间的摇篮，有两种，一种木结构，下面是四只脚床架，上面是四边形床体，有四边护栏；另一种竹结构，下面是四根木档，其中两根木档呈船型，可以摇动，上面是一个凹陷的竹筐。婴儿睡在摇篮里，四角方被紧紧地掖着身子，十分暖和。人聆听的歌谣，最早来自摇篮。母亲一只脚踏着船型木档，轻轻哼着歌谣，手上纳着鞋底，垂低着头，借着窗外透进来的光，一针一线地给小孩做鞋子。或者，针绣红肚兜。母亲轻轻地唱："妈妈的双手轻轻摇着你，摇篮摇你，快快安睡。睡吧，睡吧，我亲爱的宝贝。妈妈的双手轻轻摇着你，摇篮摇你，快快安睡，夜已安静，被里多温暖……”啼哭的婴儿，咯咯咯地笑了起来，两个眼窝圆了，小嘴巴嘟嘟嘟地吐泡泡，要不了一会儿，酣甜入梦。

人的记忆，在五岁之前，会逐渐淡化、模糊，甚至完全忘记。我们对童年的记忆，很少与摇篮相关。饶北河流域，称妇人为堂客。姑娘出嫁后，便会嘱咐男人，请一个篾匠，编织一个摇篮。篾匠上山，找老毛竹，在水里泡三两天，捞上来，晾干水，破蔑，篾丝滑滑地游出刀口，一半青篾丝，一半黄篾丝。黄篾丝做粪萁，青篾丝做摇篮。篾丝圆圆细细，像一根根粉条，长长地挂在屋檐下的竹竿上，青篾片薄薄扁扁，铺在厅堂的板凳上。篾片编摇篮腰身，篾丝编筐口和筐底。婴儿睡在摇篮里，像睡在森林里，幽静，呼吸着山野之气。天热了，在摇篮上支起一顶夏布小蚊帐，看起来，像帆船。母亲摇着蒲扇，哼唱：“月儿明风儿静，树叶儿遮窗棂啊，蛐蛐儿叫铮铮，好比那琴弦儿声啊。琴声儿轻，调儿动听。摇篮轻摆动，娘的宝宝闭上眼睛，睡了那个睡在梦中……”这里是母亲的怀抱，是生命的发源地，是大海的避风港。

摇篮编织好了，请来油漆师傅，用上好的桐油，刷一遍，晒一日，再刷一遍，晒两日，又刷一遍，用山漆在摇篮腰身，画一朵含苞待放的荷花。荷花迎接生命的怒放。四角方被套上红色白花的被套，早早地叠放在木箱里。年轻的妇人期待着孕育，等待着生命的到来。这样的等待，每日都含着不可言语的惊喜。像山巅上的人，等待着日出。腹部隆起了山峦，妇人开始做童鞋，做棉衣，做百家衣，做抱被。哪个母亲会忘记这样的情景呢？第一次，把小孩从臂弯里，抱进摇篮，盖上小被褥，端详着宝宝细嫩的脸，像端详一盏点亮起来的油灯。母亲轻轻地抚摸小孩的脸，露出迷人的微笑。微笑会沁入小孩的心脾，小孩咯咯咯地笑了。母亲摇动摇篮，想起她自己的母亲，一生操劳，生儿育女，如今白发苍苍。女人只有自己成了母亲，才会理解母亲；男人只有自己成了父亲，才会理解父亲。

北岛在《给父亲》一诗中，写道："你召唤我成为儿子/我追随你成为父亲/掌中奔流的命运/带动日月星辰运转。"真是说得好。摇篮不仅仅是婴儿酣睡的小床，也是人伦流转的一个始发站。生命从这里出发，牙牙学语，蹒跚起步，树苗一样茁壮成长，坐船出海，接受世界对他的召唤。这是一棵树，历经风雨，落下来的果实，已发芽，将要抽枝发叶，枝开叶散，盖盖如华。

小孩离开了摇篮，母亲把摇篮洗干净，晾晒，挂在阁楼的横梁上，等待下一个小孩出生。一个摇篮，抚育几个小孩，抚育几代小孩。

哪一户人家，会没有摇篮呢？不会的。

摇篮是诞生歌谣的地方。

摇篮是薪火点燃的地方。

摇篮把每一个人，摇向远方，生生不息。

窑　　语

窑火，耸立，火鸟一样张开了翅膀，在盘旋，壮美地翱翔。河水在回流。蓝夜的光，暮瀑奔泻。我们的胸膛灼热，与火鸟紧紧拥抱在一起，尽情幻舞。

从皂头镇窑山村回来，窑火一直在我脑海里奔放。

我熟悉南方的土窑：半圆形的拱门，长长的土砖垒砌的窑垄，方块的天窗，伏地而起的烟囱。场院里，堆着高高的柴垛或芦苇垛，土陶坯已经晒得发白，泥浆水淌出油状的水痕成了陶器的花纹，白白的太阳烘烤着绿昼，泥池里黑褐色的胶泥温顺柔和。

泥是从老河道里挖上来的，一车一车地拉到泥池里，浇上水，用木勺泼洒，一遍又一遍，湿透了，泥孔冒出咕咕的气泡。踩泥人把健壮的牛从牛圈里拉出来，哦，哦，哦，和牛说着亲热的话，喂上整畚斗的米糠，用一块黑布，把牛的眼睛蒙起来，牵牛进泥池，踩泥，深一脚浅一脚。胶泥陷满了牛的脚窝，也陷满了人的脚窝。踩了半日，又泼洒水，胶泥开始黏合，稠密。又踩半日，胶泥如蒸熟的糯米浆，黏、糯、柔。制陶师用一把弓状的钢丝锯，把池泥，切割成一块块，抱进茅棚里，开始制陶。制陶的地方，在毗连的另一个茅棚，有一块青石案桌，师傅抱起泥坯，在案桌上，狠狠地摔打，反复摔打，打得胶泥瘫软，开始揉，像个面点师，胶泥成了发酵的面粉，揉，揉出泥皮片。师傅托着泥皮片，裹在陶模上。一只手给胶泥刮浆，一只手转动模具，浆水咕咕地淌下来，浓浓的，浑浊而清凉。

做好了的土陶坯，在黄泥夯实的地垄里，暴晒。黑褐色的陶坯，笨拙、朴素，像一张张饱满的脸。日暮，芦苇扎的盖席，一列列地盖在陶坯上。陶坯，暴晒之后，一日比一日白，亮出泥质浑厚的色泽，花纹一圈圈地吐出来，有荷花，有丁香，有蔷薇，水的波纹也一层层地浪卷出来，细密、柔和，山河多俊美。烈日暴晒七日，陶坯可以进窑了。把陶坯一个个抱进窑，一垄垄地码起来，码两天，封了窑门，师傅们坐在一起，喝一餐酣畅的酒。酒是谷酒，太阳一样爆烈。酒喝够了，开始点窑火，这时已经月亮爬上了屋顶。干燥的芦苇扠进窑口，粗粗的硬木挤压进窑口，窑身的蒸汽一卷卷地扑腾起来，白焰升入村边的树梢。

窑火，酣睡的窑火，从河水里爬起来，被噼啪作响的木柴唤醒。树脂吱吱地叫，空气在炸裂，熟透的石榴一样迸开。陶坯被红绸般的火焰，包裹，一层又一层。窑身开始变红，跃动的气流在场院里回荡。蓝夜，水银似的蓝夜流淌，高高的川穹变得低矮，一直垂降在我们的眉宇。碎冰般的星星，继续裂碎，莹莹闪闪。蛙声此起彼伏。

在关于故园的词条中，窑，是一个仅次于粮食的词。窑，为我们提供了一个家的大部分脏器：瓦、砖、碗、钵、盆、碟、瓮、缸、茶壶、酒壶、酒杯、茶杯……我们用砖瓦筑舍，用碗盛饭，用钵盛汤，用瓮储藏干粮，用水缸储水，用菜缸腌制咸菜，用壶泡茶，用杯喝酒。在物质匮乏的年代，我们还托钵行乞。每一件窑里烧出来的物品，都有与我们身体相似的品质：器具上留有人的掌纹和温度，把人的品性融入胶泥里，烈火焚烧，最后与我们攻读岁月。它们与我们的身体一样洁净，柔美。它们与我们的生命一样坚硬，易碎。在我孩童时期，快过年了，我随母亲去小镇郑坊，拉一架平板车，买土缸土瓮。卖陶器店的，有好几家，我们一家一家看过去，问价格，看器物成色，一条街走完，已经中午。母亲拉车，我在后面推，小跑着，布鞋摩擦沙子的声音，“沙沙沙”，和冷风吹哨子的声音，相互交混，至今不散。

我看过很多土窑，但大部分废弃了，窑火熄灭。把我们从远古洞穴里，带进家园的窑，从我们的视野慢慢消失，被我们遗忘。

丙申年仲夏，我和徐勇去窑山，再一次看到了窑。窑山是一个水岸边的村子，村侧便是丰溪河。在老旧的窑场，我见到了制陶师傅，穿藏青色的围裙，戴着草帽，吸着纸烟，粗粝厚实的手掌裹着泥垢——我多么熟悉这样的模样，朴素，仁爱，有泥的慈悲，有水的绕指柔。一口口的大水缸，整整齐齐地排在院子里，在阳光下，散发圆润的光泽，黝紫黑的釉色却白白发亮。我拍拍缸身，把耳朵贴在缸口，“嗡嗡嗡”，声音清脆，爽亮，如泉水淌于井中。在两栋瓦房里，码着晒干了的土陶坯，一层一层，一垄一垄。我推开满是灰尘的木门，黯淡的光线落在土陶坯上，器物如昨，鲜活如初。

瓦舍前后的院子里，破碎的陶片和弃用的缸瓮，散落在荒草间。瓜架上的南瓜花和黄瓜花，开得粉嫩。时代的更替和变迁，我们的生活方式在改变，我们所用的器物也在改变。皂头镇是古信州南部的中心生活区，丰溪河从这里奔腾汇入灵溪，始称信江。信江壮阔，浩浩渺渺两百余里。河流所哺育的，正是人所渴求的，繁衍，生生不息。窑，是信江沿岸最具人烟气息的文明。窑，我们曾依赖屋舍一样，依赖它。窑，给了我们四壁，给了我们屋顶。窑，是我们身体的延伸部分，是我们生命储藏的部分。

窑火，是生命在发烫。那么慈爱，那么倔强。窑火，是我们的摇篮曲，也是我们的生命曲。

我抚摸着大水缸，手久久不忍离开。

丑 合 欢

一米之上有大瘤，鼓鼓的，像歪脸脖子上的瓤瘤；两米之上有黑黑的刀口，密密麻麻，刀痕叠着刀痕；三米之上，是两个大分杈，伸出粗壮的枝。整个树身斜歪，歪得扭曲，像个大麻花。冬天，树光着身，细细长长的杈枝停了许多乌春和鹧鸪，叶子一片也没有。积雪压在枝上，薄薄的，透明。我叫老辜“把这棵破树砍了，发煤锅用”。老辜是食堂管理员，有什么杂事，我都叫他。铲垃圾、捡石块、挖树洞、清水沟、掏粪池，老辜样样安排。他头发梳得溜光，油油的，笑嘻嘻，站在我面前，说：“这树好几年啦，疯长，树冠太大，把桂花全遮了，我砍了几次桠，砍不好，留了疤，把一棵树糟踏了。”我说：“那就留一春，明年春天树冠没盖起来，就砍了当柴火。”

饭后没事，我会沿几条院子主干道走走，到各个角落看看，看桂竹是否长笋了，蔷薇花艳不艳，葡萄藤爬上架子了没有，桃树昨天爆芽了，梨花开了两季。植物不像人，植物给人日日新鲜感，人给人陈旧感。一个人在另一个人的心中没有陈旧感，会是什么样的人呢？

惊蛰之后，地气往身上烘，太阳贴着屋顶转。雨水适时而至，“哗哗哗”，顺着草坡汩汩往低洼里淌。春天赶着闪电的马车来了，一鞭一鞭地抽，一路狂奔，在我的竹林里、果园里、松林里，停了下来，把踢着蹄儿的马拴在树下，再也不走。樱花炸开了，“嘭嘭嘭”，在寂静的夜里把人惊醒。伏在地上的草抬起了尖细的头，银杏耷拉翠黄翠绿的眼睑。那棵丑丑的树，枝条上抽出了针一样的叶。

叶有细毛，深绿浅黄，间杂着。毛绒绒的，使我觉得春天特别温顺、柔软。树下的酢浆草蔓延了一大片，淡白的花蕾羞涩地打瞌睡，惺惺忪忪，慵懒，怎么睡都解不了春困。谷雨到了，丑树上全是梳子一样的叶子，在风里轻摇，蜜蜂嗡嗡嗡。蜜蜂把树叶当作了秋千，吊在上面，晃着。叶子里长出一种水红灰白的花儿，像一只只蝴蝶停在上面。这么一群蝴蝶，有点儿迷乱人眼，雨水扑打下来，它们也不飞离。阳光是一只翅膀，雨水是另一只翅膀，在枝上停歇，卿卿耳语。风来了，蝴蝶上上下下翻飞，有的坠在花圃里，有的坠在水沟里，有的坠在别的树冠。风中的蝴蝶，是春天叮叮当当的耳环。

在春天，假如你问我悲伤是什么，我会沉默不语。我低下身子，把坠落的粉彩蝴蝶戴在你的发髻。

一天，从事绿化工作的老芮来我这儿，我打开窗户，指给他看：“这棵开蝴蝶花的树，叫什么。”老芮说：“合欢。”

合欢。合欢。我在窗前，念了一个早晨。

现在是冬天，大雪初融，万物凋敝。我把老芮请来，把丑合欢树从头到脚修剪了一遍。在另外几个较宽阔的角落里，我又种了几株。合欢是落叶乔木，作为植物，有花开就有叶落。花开叶落是四季，是时间的表现形式，是无须伤感的。每花开一次，我们渐将苍老一年，珍惜光阴更重一层。

多栽几株合欢吧。百年欢好，岁月静美。人世间，没有比这更好的祝福了。我知道，你喜欢的。

栽　梅　记

壬辰年小寒之日，大雪。我从宁波返回安庆，沿途积雪如月光堆满大地。雪花扑扇着天空，也扑扇我心房空空的旅途。假如有傲梅映雪，该是一件多么幸福的事。我要栽一棵梅树。

翌日，我徒步在周围几个村子里，一户一户地寻访梅树。在沿河、老庄两村，每一个院子细致地察看过去。雪后霁天，阳光斜斜地朗照，积雪的反光像一堆泡沫涌上这个略显偏辟和肃瑟的郊区。杏树、板栗树、合欢、栾树，它们光光的树干使冬天更为简练枯瘦，而桂花树、樟树、杉树，仍拥挤着墨绿的云团，把澄蓝的天空盘踞在干硬的枝头上。不远处的菜地，泛起一层灰白的光，纯洁、透明，似乎冷空气在清寂地燃烧。

傍晚，在老庄一农户家前院，见一棵蓝花碗粗的树，光秃秃的枝条缀着密密的黄色花苞，芳香四溢。这就是梅树，黄梅。户主姓方，是憨实老汉，阔脸，头发微白，手掌厚实宽大，穿一件干净的旧中山装。院子坐落在山冈的半山腰，俯瞰下去，冈下村舍安详宁静，素白一片。

我和方老汉交谈了半小时，老汉执意不卖，说树种了十二年，是野生黄腊梅，珍贵着呢。老汉说："前前后后来了几拨人，都出高价，有人还把钱塞进我口袋里，我都不舍得。一棵树在门口活久了，就成了家里的一分子，是日夜陪伴在身边的眷属。"我说："那些来买树的，是贩卖，挣钱，我不一样，种在显眼的地方，供大家品赏，把美好的事儿分享给来来往往的人，是积福，这么好的梅树，在你院子里，只有你一家人看，相当于聚餐时你一个人吃独食，不体面。"老汉被我说得笑了起来，表示同意。

请来绿化的专业人员，我们端着铁镐、铲、锄，折围墙、刨土，足足干了两个小时，把梅树挖起来。稻草把树兜包裹好，六个工人把树抬到我指定的栽种点。周围闲散的人，围过来，说："花还没开，香气却充盈。"我叫来同事陈晚生，说："要种一棵梅树，拉一些肥土来，再提一袋油菜饼来。"陈晚生对我说："梅树会成为我们的文化符号。"负责栽树的专业人士老芮说："刚栽下去的树不适合施油菜饼，油菜饼发酵，会烧坏根系，树就难成活。"我说："树要快点长，最好春天来了，长出圆盖一样的树冠。"老芮咧开嘴巴说我，说："成活是首要的，成长是其次，古代不是有个成语叫拔苗助长嘛，你懂这个。"我说："道理我都懂，我就想它快快长，开满花，大家在梅树下驻足欢悦。"

老芮用锯子和剪刀，开始修理树干树枝。他把几支斜出的粗干锯了，把部分细枝剪除，细心地剪。剪完了，还从不同角度站站、看看，再剪。我很是心疼，说："锯这么多粗干，还剪枝，多可惜，好好的花苞全落了，让新枝长出来，还要等上一年。"老芮是我朋友，知道我是个极爱花草鸟鱼的人，说："修枝就是把多余的部分剪掉，通体透风，整出树形，才更具审美意义，这和做人的道理一样。"

填土，浇水，树栽好了，用三角支架固定了起来。梅树婷婷地立在草地上，树冠呈圆形，花苞欲坠。再过半个月，满树的黄梅花该生机盎然了。等梅花开了，我盼一场大雪到来。雪是一个发光的喻体，梅花是一个高洁的喻体，交相辉映。

爱人间，就种树吧！一棵树就是一种相思，相思春天，相思幸福，相思一场铭心的际遇。种树吧，这是我们在逗留过的人间最美好的纪念。

去　远　方

我爱人从青海门源发来很多照片，满世界的金黄油菜花，甚是壮观。去青海之前，我爱人做了很多功课，去哪儿玩，吃什么，住哪儿，沿途看什么，还和我女儿一起讨论。每个暑假，我爱人都会安排比较长的时间，带小孩长途旅行。

每次长途旅行，我都十分赞同。这次去青海，除了去青海湖、门源，还去了甘肃的敦煌、玉门关。我女儿是个“美食家”，无论去哪儿，美食都是她的首选。

年轻的时候，需要去远方。这是我的想法。去了远方，我们才会知道远方到底有多远；去了远方，我们才会知道远方有没有尽头；去了远方，我们才会知道世界到底有多辽阔和壮美。我们的一生，其实就是一个求证的过程。我们只有去了远方，才知道什么是远方。

在我年轻的时候，我没有机会去远方，也无人教导我探寻远方。

十五岁之前，我的活动半径只有四公里。十八岁之前，我的活动半径只有六十公里。我第一次坐远程火车是去南昌，全程不足三百公里。第一次出省，是一九九三年五月，坐绿皮火车，一天一夜，去深圳，没钱，舍不得吃，饿了一天一夜，一路上，吃了两个自己煮的茶叶蛋。我第一次坐飞机，是一九九七年七月，从珠海飞往南昌，我已二十七岁，参加工作八年。我去过最远的地方，是新疆的喀纳斯，从南昌飞乌鲁木齐四个小时，再坐一天的大巴到布尔津住一夜，又坐半天大巴到达喀纳斯。

远方，第一次知道这个词，不是书本上，是一个算命先生说给我听的。我七岁的时候，算命的老先生来村里算命，我母亲花了两升米，算了一张。我在边上玩。算完了，我母亲说："老先生能不能给我儿子算一张，顺带算算。"我母亲报了我的生辰八字，老先生说："你的年份和出生时辰都属狗，双狗吞月，你长大了，要去远方生活，走得越远越好，即使是讨饭，你也到很远的地方去讨饭，留在出生地，你会一生孤苦，衣食无着。"我自己从不算命，也无任何宗教信仰——我把爱和美，作为自己的信仰。我对这次顺带算的命，印象深刻——远方，到底在哪儿，我怎样才能找到自己的远方。是天之涯，是海之角吗？是山之巅，是川之邈吗？

我不知道远方在哪儿。无人给我讲解什么是远方。我的父亲，一个农民，只知道种地砍柴。他的远方，不超过三华里，把田里的稻子收割回家。他常对我说的话是："你读不来书，去学做篾，多好呀，坐在厅堂里，剥篾打箩筐，一天到晚坐着干活，不要晒太阳，不要肩挑背驮。做篾不愿学，可以学裁缝，做裁缝多好呀，上工一天五毛钱，还有面条点心吃。"

第一次离开小镇，是去县城读书，挑一个木箱，走八里路坐车，坐半天的车，到了灰尘飞扬的县城。我十六岁。我在书里，看到了埋在我心里的远方。

但远方并不怎么美好。

“劝君更尽一杯酒，西出阳关无故人。”（王维《送元二使安西》）那么远，远得只剩下风沙。“正是江南好风景，落花时节又逢君。”（杜甫《江南逢李龟年》）一个知音，到老了才再次相逢，怎能不悲催呢？“打开夜晚这本书，翻到/月亮，总是月亮，浮现//在两朵云之间的一页，它缓缓地移动，时间/好像已经过去了，在你翻开下一页之前//……”时间把人推向不可触及的地方，孤独是最远的远方。

但远方总是诱人的。远方是我们最想去偷的禁果。我们追寻着地平线，开始翻山越岭，沿着日落的方向，过河淌水。我们以为，远方有壮丽的云海日出，有茂密多雨的丛林，有皑皑白雪，有冰床之下游鱼，有神秘的石窟，有望不见边际的蓝色海洋。我们所能想象出来的美好，在远方都会有。

我开始走向远方，只要有时间，我要去海的尽头，坐着帆船，把太阳悬在我的桅杆上，海鸥落在我的双肩，看鲸鱼扑起巨浪；我要去穿越沙漠，骑着骆驼，让海市蜃楼会在我疲惫的时候，再一次出现；我要去雪山之巅，坐在帐篷里，看月色和雪光，交相辉映；我要去迷宫一样的森林，在树上睡觉。在远方，我会有奇遇，听着腰鼓，看着篝火边的舞蹈，我不想究竟什么是生活。我去了遥远的边陲，去了高山的村寨，去了戈壁滩的墓群，去了椰树摇曳的海岛。

离开生活的原点，去追寻太阳落下去的地方。

离开自己的轨道，去触摸地平线。

离开时间的桎梏，去守望一朵花开。

有一天，我们老了，走不动，远方就不存在了。远方是一个迤逦的梦，牵引着我们，去五湖四海，去浪迹，去叩问，去体会。人在年轻的时候，内心为他们的未来燃烧的时候，对世界充满无数好奇的时候，多去远方。远方比我们想象的更远，比我们去过的任何一个地方都远，所有的远，却比我的脚步近。在远方，我们会看到不一样的人群和人生，看到不一样的风情和人情。远方是雪水，可以洗濯我们的眼睛，不让眼睛蒙上污浊的灰尘。远方是一味药，可以医治我们受伤的心灵。只有远方，比远方更遥远。远方使我们开阔，使我们豁达，远方会给人足够的尊严。远方是人生最好的课堂。

世界并不遥远，在我们身边，在我们眼球里。

北方有佳人，南方有嘉木。

没有真正意义上的远方，但远方真实地存在。

细雨春燕飞

“爸爸，这是什么鸟呀？”在去池塘的路上，女儿问我。我说：“是燕子呀。”“去岁辞巢别近邻，今来空讶草堂新。花开对语应相问，不是村中旧主人。”我随口吟咏唐代韦庄的《燕来》。“哦，这是燕子，我才第一次见识呢。”女儿似喃喃自语。她读小学四年级了，很少回她祖母家，自是难以见识燕子的。近日得假期，我们一家人去郑坊老家，看看春色。

燕子在水沟边的荒地嬉戏，一共有四只。女儿撑一把绿伞，细雨蒙在伞布上，耸起毛茸茸的雨珠。我说：“爸爸小的时候，燕子很多，谷雨时节，稻田已插上了油油的秧苗，燕子在我们老屋的房梁上筑巢，孵化小燕子。”

那时，枫林村还没有小洋房，都是老旧的泥屋，哪家的房梁上没有燕巢呢。清明前后，饶北河两岸的洋槐已然一片盎然，新绿的枝叶把整个河滩都遮蔽得满眼青翠，稻田翻耕过后，水泱泱一片。桑树下的矮墙上，蔷薇翻过垣头，冒出淡黄淡红的花骨朵。燕子来了，四只六只，在某一个微雨清凉的早晨，“唧唧唧，唧唧唧”，斜斜地飞进青石的门框，在房梁的旧巢中，探头探脑，钻进钻出。

老屋是祖父年轻时修建的，有四个大开间一个大厅堂。我们一家人坐在厅堂吃饭，燕子在巢里喂食。母燕飞进门，小燕们就扑棱棱地趴在巢边，张开鹅黄色的小嘴，唧唧喳喳。母亲说：“等柳枝芽齐了，泥鳅孵完卵，小燕子的羽毛全黑了，它们会回它们的老家，老家再远，它们也能飞过千山万壑，觅得自己的旧窝。”

那时我还是在我女儿这个年龄，除了上学，都是在水沟里捉泥鳅。门口有一条水渠，直通饶北河，暴雨过后，把水渠上游堵死，把饭箕埋在水口，水位降下去，泥鳅边游边退，退进了饭箕里。一次，总能捉三两斤。阳春天，我们就到稻田的入水口，垒一个小坝，把水放干，把一条条圆身肚滚的泥鳅扒进鱼篓里。在物质匮乏的年代，泥鳅煮面条已经是非常丰盛的美食。年少，不懂母亲的苦楚，我常常抱怨母亲在春荒做的每一顿晚餐，不是白菜焖饭就是芋头焖饭。母亲刚刚四十出头，身子已微微佝偻，窄脸，嘴唇干焦，手指长而刚硬像枣树的根，因肺热每到深夜有长长的咳嗽。

事实上，我在乡间生活的时光，是较为短暂的，十六岁后，一直在城市里读书、工作，也只是在春节前后回乡间走走。近几年，枫林村的老屋都消失了，沿老街修建的，都是四层五层的小洋楼。我的老屋也被几个哥哥拆了，建了三栋新房，前院的三棵大樟树砍了卖给了木雕厂，后院的一棵桃树两棵枣树砍了当柴烧。饶北河右岸的农田大多荒废了，到了春天，油绿的杂草一片连着一片。新修的楼房里，只有老人和孩子。去年，一个早年外出打工如今家业有成的人，回到枫林，看见大片撂荒的田，说："田是我们的命，不能亏待自己的命。"他把田全部以流转的方式承包，栽满西瓜。沙地产的西瓜，特别甜，枫林西瓜一度响亮于江浙。

父母年迈，我想以后只要有时间，就会携妻儿，回枫林小住。对父母而言，这是一种温暖和慰藉。只是我年轻时不懂这些。这次假期，我答应陪女儿去枫林钓鱼。母亲见了我，忙活好菜好饭。我说："还是我来烧饭吧。"母亲老了，走路是一步一步地移，蹲下身子在埠头洗菜，要好长时间才能把手够着水面。连续几日，都下着迷蒙细雨。母亲说："多年没看见燕子了，今年燕子来，可是一件喜事。"

池塘上是绵绵的水泡。细雨从天空的纺车里，一匹一匹地纺下来，丝丝缕缕，柔柔娉娉，缠缠绵绵。据说，燕子是恋旧巢的鸟，喜爱泥屋，一代一代地繁衍、居住。看着细雨中斜飞的燕子，有说不出的美好，我不自觉地咏起宋代陈与义的《对酒》诗："是非衮衮书生老，岁月匆匆燕子回。"

一　　天

我正一边喝蜂蜜水一边看书，听到客厅里陀螺吱吱吱吱旋转的声音，我叫了一句："安安，喝水了吗？"我每天早起，第一件事是烧水，喝满一大水杯的温水。边喝水边看书，或靠在床上，静静地想一会儿事情，我很享受这半个小时。早起不喝水，我一整天都很难受，身体会有极度干旱感。安安则玩陀螺，或看动画片。他满两周岁的时候，喜欢看《米奇妙妙屋》，每天看两集。我打开电脑，给他看。有一次，不知是受了什么委屈，哭得猫一样蜷缩起身子，我抱着他，哄他。他哽咽地呃呃呃，说："想看《米奇妙妙屋》。"我说："好，看米奇可不能流眼泪，米奇多开心，每一天都是开心和美妙的。"安安挣脱了我的手，自己去开机，把《米奇妙妙屋》打开。这是他第一次开电脑，自己找动画片看。我十分惊讶，他还不识字，也不识拼音，幼儿园才上了几个月。他肉乎乎的手指，在键盘上，一个格一个格地找。作为奖赏，我允许他多看一集。

今天是星期六，我领着安安去学习围棋。出门，我问安安："早餐吃什么呢？""小笼包子。"他说。我说："好的，去哪家吃？"安安十岁了，学围棋也有半年了。有时在家里，我陪他下围棋，他赢了，说："老兄，真没用。"我说："让你赢是逗你高兴。"他说："没用还找理由，不过，这个理由很好。"他输了，说："老兄一点儿风度也没有。"拉着安安，穿过小区小菜场，到庆丰路打车。我对安安说："我先去白鸥园的家，再去棋院。"庆丰路的市区起始点，在白鸥园。我在白鸥园住了十三年。上了车，我抱安安靠在我怀里。他晕车，每次坐车，哪怕只有几百米，于他而言，都是痛苦的折磨，他先开车窗，然后捂住鼻子，身子往车沙发软塌塌地靠着，一句话也不想说。白鸥园有很多三轮车，以前上学，他都坐三轮车，那些车夫对他很熟，知道他爱去哪儿玩，爱去哪个餐馆吃饭，几点钟放学。住凤凰大道之后，三轮车没了，上学放学只能打车。我可以想象，每一次出门或回家，这十几分的路途，他是多么地痛苦和难受。白鸥园的房子在六楼。一楼楼道口，那个矮胖胖的大姐正在卖烤火腿肠。我给了她一支烟。她说："不抽了，已经戒了半年多。"我说："怎么戒烟呢？"她说："高血压几年了，不能抽了。"我住白鸥园之前，她就在楼道口卖烤火腿肠了，一个煤气灶烤箱，烤板上整整齐齐地摆着插了竹签的火腿肠，和一罐番茄酱一罐辣酱。没生意时，她坐在塑料凳子上玩手机或抽烟。她矮胖，脸上有很多麻子。她二婚的男人中午送饭来，没送饭来的话，她就啃两个馒头。她好几次对我说："你要说说你老婆，用钱太厉害了。"我笑笑。她又说："你小孩儿也用钱厉害，我挣的钱，不够你小孩儿去游乐园。"我笑笑。她好几次，算她的收入给我听，一根火腿肠挣三毛钱，最好的日子，比如大的节假日，一天卖两百来根，平时才卖八十来根，天天坐在楼道口，早出晚归的。她是个乐观的人，说："能摇到廉租房就好了，什么都安心了。摇了好几年，摇到了一套五十多平米的廉租房，又查出高血压。"她又说："两个孩子长大了，一个在工地里学监理，一个在宾馆里做保安，有收入了，钱由他们自己存着，将来讨老婆的事情由他们自己管。"她乐呵呵地说，手抱在自己的膝盖上。

说话的间隙，安安咚咚咚跑上楼去了。我把书房整理了十几分钟。书桌上、架子上、地上，都是书，每次去，都要整理一次，分类，排序，码一遍。房子因无人居住，到处都是灰尘，有一股霉味。我叫安安："我们走吧。"他还在房间里，手上拿着什么，低着头。他一个侧身，跑出门，咯咯咯下楼。我叫："安安，安安。"他也不应答我。每次出门，都是我走前面的，他尾随我，拉着我的手。我快速下去，拉着他，问："想妈妈了？""不是。"他眼睛红红的，用手揩着眼。我说："那是为什么？"他说："我们回白鸥园住吧。"他又说："我想回来住。"我抱着他肩膀，说："我也想回来住，但暂时不会。"安安说："这里很多玩具，我可以长时间玩玩具。"我说："你现在也有很多玩具呀，前天爸爸整理你玩具，有三箱呢，爸爸都整理了半天。"我说："勇敢一些，男孩子不能轻易流眼泪，以后，你还要去很远的地方，一个人去读书，一个人去生活，可能还要出国呢。"他说："那你带我去吃小笼包子。"

拐过八角塘菜场，到了相府路。棋院在相府路。相府路与步行街交接口有两排小吃摊。做小笼包子的，是一对夫妇，我认识。我说："你还在这里做呀，好几年了，看样子，你挣到钱了。"夫妇是贵州人。男的嘿嘿地笑笑。女的说："是呀，安安还在手上抱的时候，你爱人就常来。时间过得真快，一晃十年，都不觉得。"

安安上了棋院，我去了新华书店。新华书店是我唯一常去的地方，不买书，转转也是快活的。在书架上，看到了自己的《南方的忧郁》，还有五本，上次来，有九本。年前，书店进了八百本，零售了六百本，剩下这些了。我问引导员：“《饥饿的身体》有卖吗？”引导员二十出头，有些怯怯的，穿一件白色的围裙，说：“有，我找找。”在书架里，露出三本。我把书拿出来，摆放在显眼的平桌上，说：“这样方便客人翻看。”引导员看看我，把柜子内的《饥饿的身体》抱了十本出来，一起摆放。我买了蒋勋的《写给大家的西方美术史》。近些年，除了外国的诗集，我很少买纯文学类书籍，喜欢看杂七杂八的书，也差不多有十五年不看当下的小说了。每次从新华书店出来，我都觉得人十分地渺小，渺小到不如一个汉字大。满屋子的图书，有多少人写了一辈子，进不了书架，又有多少人，进了书架，又成了废纸卖掉，更多的人在书架上永远地消失。写好书的人，可能会有怪癖，可能狷狂，但不会轻薄，他知道，他的面前始终坐着伟大的灵魂。前些天，我和同学徐勇说：“从十八岁开始写文字，证明了两件事，用十年时间证明自己写不来诗歌，用十年时间证明自己的散文只能如此了。”写文字，不仅仅是发掘的过程，还是证明自己生命的过程，可能结果令自己十分沮丧，淘汰别人，还淘汰自己。写文字和生命是一样的，以减法的方式进行。明明知道自己的结果十分沮丧，但还是日夜不分地写，这是执拗和偏执，更是热爱。长期写作的人，都是偏执的人。热爱一个事物，是不会关心结果的，热爱的过程最美好。

十点去接安安，教室里还在下棋。走廊里，坐了两个女的，三十来岁。我坐在中间的空凳子。右边的女人估计在刷微信，不时咯咯咯地轻笑。左边的女人在手机上，快速地阅读小说，我侧身看了看，大致的内容讲婚外情的，女主人公在焦急地等待情人的到来。安安出来了，我摸摸他的头，问他：“中午去吃牛排吗？”每个月，安安和骢骢都要去马克西姆吃牛排或羊排，有时一个星期一次，有时半个月一次。我没去吃过，我不太吃这些东西。安安说：“回家吃饭吧，家里还有红萝卜。”他喜欢吃红萝卜、萝卜丁、花菜、藕、口条，尤其喜欢面条。每次，我烧菜给他吃，问他味道怎么样，他都说“难吃死了”。骢骢不一样，只要是肉食，新鲜烧的，都埋头苦干。

烧饭的时候，安安在玩陀螺。在所有的玩具中，他可能最爱陀螺了，从四岁开始，一直玩到现在，去公园，也把玩具箱带上，像个电工。我曾几次问他：“长大了干什么？”他说：“要去读上海音乐学院。”最近一次问他，他说：“上不了音乐学院就做工人。”我说：“做工人好，工人制造的东西都是生活需要的东西。”他就说：“做工人就马上退休，可以玩了。”他反问我：“那你希望我做什么呢？”“我希望你做外交官，任何时代，外交都是国家最重要的工作之一。”“做外交工作，年薪有一亿吗？”他说。我说：“哪有年薪一亿的国家公务员呢？没有的，再说，工作不能完全以年薪多少去作为主要选择依据，人需要钱，但也不能完全为了钱，人还有很多东西比钱重要。”他“哦”了一声，继续玩陀螺。我又说：“我希望的，和你想做的，是两回事，你选择你想做的又有意义的事情，就是最好的事情。”

下午，安安学吉他。我把他送到琴房，我上街了。滋洲商厦圆角路口，一个六十多岁的老太太，看看我，说：“刷刷皮鞋吧。”我停下来，看看自己的鞋子，说：“可以。”我坐在椅子上，说：“你别刷得太认真，我马上又要走路的。”老太太头发有些斑白，穿藏青色棉袄，围了一件围裙。她说：“脚当然是要走路的，鞋子干净，走路也清爽。”我说：“大姐，你哪里的人，口音是南乡的。”“嗯，是应家的，出来好几年了。”“那你老头子呢，他不和你一起出来刷皮鞋呀。”老太太挤出皮鞋油，刷在鞋面上，说：“老头子卖水果，拉一个三轮车，水果难卖，卖不出去的都烂在家里，这几天卖甘蔗了，铅山甘蔗。”她叹气地说：“儿子不争气，天天睡懒觉。”我说：“你儿子干什么的，成家了吧。”她说：“成家了，孙子读初中了，儿子开摩的，一天开不到三小时，哪挣得到钱呢。”我说：“你一天刷二十双鞋子，至少吧。”“有二十双就好了，我是在餐馆洗碗的，下午有三个小时休息，我出来刷刷，一般的话，刷五六双，现在穿皮鞋的人少，布鞋球鞋多，上个星期，接连三天一双都没刷到。”她抬头看看我，说：“你是干什么的？”我说：“我没事干，暂时无业。”她又看看我，说：“不像。”刷好了皮鞋，我去电影院转了转，没有想看的电影。正在放映的片子都是捉妖或穿越之类的，我觉得没意思。我去步行街，一家一家地看服装专卖店，想找一件大衣，也没看到如意的。我转到原单位，看看有没有信件。收了几份样刊，几张汇款单，和几本文友寄来的书。到邮政把钱取了出来，数数，还不少呢。这时候，接到电话，一个朋友打来的，说县里想请我去讲课。我说：“我过几天要出远门，讲不了。”我是要出远门，今年常出远门，一个人，远游几天，去偏远之地。我也确实不想讲课，十几年了，很少讲。对一大群写博文的人，讲写散文，不免觉得自己滑稽——就像对跳广场舞的人，讲芭蕾一样。何况自己半瓶子油，也没什么可倒给别人的。

看看时间，四点了，老师来电话，说：“安安不上课了，想去他舅妈家玩。”我说：“我马上到琴校。”安安坐在沙发流眼泪，说：“不想上课了。”我说：“可以，上一节课五十块钱，我找一家餐馆，你去洗碗，把五十块钱挣回来，再去舅妈家。”他不说话了。我说：“学吉他是你自己有兴趣的，是你自己要求的，哪有做事半途而废的呢，半途而废的人什么事情也做不好。”安安说：“想和弟弟一起玩。”我说：“今天不去舅妈家，明天去，放学了直接去舅妈家。”“下课了，那我去亿升电玩城玩。”他说。我说：“可以。”他又去上课了。我坐在沙发上，想起安安六岁那年暑假，我带他去贵州玩，在黄果树穿过瀑布时，他紧紧地拉着我的手，说：“我害怕，我不看孙悟空水帘洞了。”瀑布湍泻的水声和黑咕隆咚的洞内光线，确实使人惊惧。我拉着他，说：“不怕的，这几天你都很勇敢，最后勇敢十分钟。”他自小就是贪玩的人，眼睛睁开就出门玩，玩得精疲力尽才回家，到了半路上睡着了。在出口处，我去卫生间，交代他，跟着几个叔叔，别乱走。卫生间出来，不见他人，我叫“安安、安安”，也不见他应答。我找两三分钟，看见他坐在台阶上喝饮料。我把他抱起来，什么也没说。我心里涌起酸酸的浓液。抱到我手酸痛了，说：“安安，给妈妈打一个电话。”

吉他课结束了，我说：“安安，吃了晚饭再去亿升玩，可以多玩一会儿。”他说：“可以，吃羊排。”我说：“好，叫骢骢一起来吃，你打电话。”打了电话，安安说：“骢骢不来，我们去食尚鲜吃，骨头肉烧得很好。”我说：“可以，你带路。”到了食尚鲜，我说：“你吃什么自己去跟阿姨说。”他点了四个菜说：“我要给妈妈打电话。”

到了电玩城，晚六点。他去兑换游戏币。我说：“只能玩十块钱。”安安说：“好，卡里还存有五十块钱游戏币。”我坐在休息椅子上看书。我一篇小说没看完，他赢回一大把游戏币，说：“我待会儿还要赢。”我知道，这些游戏币最终进入游戏币箱子里，看看他开心的笑脸，我也笑了。他坐在游戏桌上，和四五个大人在打游戏。我也看不懂，继续看书。他边打边笑，声音大大的。游戏也嘟嘟嘟地发出很多欢快的声音。看完了一本杂志，他坐在我身边，我说：“是不是没游戏币了？”安安说：“我可以叫阿姨再给我几个玩玩。”他又去要游戏币了，一把。连续要了两次，要第三次，我看见他坐在售币员的柜台里，我走过去，说：“安安还要打吗？”他说：“不打了。”他在和阿姨聊天，说学校里的事。我问售币员：“安安在你这里至少玩了三万块钱？”售币员说：“哪有这么多，不过，他是金牌会员，这里的人都认识他。”我说：“他妈妈惯坏他了。我是第一次陪他来，怎么玩都不知道。”我说：“你这里还是少的，银泰游乐园在他七岁前，天天去。”我对安安说：“去接骢骢吧，她快下课了。”

开灯，烧水，泡午时茶，洗脸。安安上床睡了。他一个人蜷缩在被子里，似乎很委屈。我说：“给妈妈打电话，好不好。”他坐起来，给他妈妈打电话，说了几句话，又开心起来。我说：“要不要我陪你睡呢？”“不要了，自己睡。”我去书房看书，看止庵的《惜别》。看了两页，听到安安叫我。我又去他床上，把他被子盖实。我躺下去，抱着他，没一会儿，他酣睡了。

我继续看书，却怎么也看不进去。窗外断断续续地下起雨滴，冷风入窗。冬天已经完全到来。一天完结，一年将尽。我估摸着，明天去乡下买一只羊来，犒劳这几张嘴巴。

努力加餐饭

“思君令人老，岁月忽已晚。弃捐勿复道，努力加餐饭。”出自《古诗十九首》之《行行重行行》，很多人过目不忘的是“思君令人老”，人生苦短，相思悲凉，花谢叶落，怎么不让人哀哀憔悴呢。而我读了，从此不会忘却的，却是“努力加餐饭”。《古诗十九首》是南朝萧统从无名氏传世的《古诗》选十九首，编入《昭明文选》，属五言古诗，是我极其喜爱的一本古诗。

努力加餐饭。人生没有比这个更美好的祝福了。

读什么样的书，和什么样的人说话，做什么样的事，吃什么样的饭，对于我这个草根来说，是比较重要的。吃什么样的饭，占据了我日常很多时间——肠胃问题没解决好，很难说能把大脑问题解决好。骢骢对吃，是要求比较高的人。有一次，我对她说：“以后到了大学，可是要天天吃食堂的，总不至于雇人烧饭给你吃吧。”骢骢说：“很好解决，你以后办一所大学，我去你的大学读书。”我目瞪口呆。安安却几乎没要求，说：“一杯牛奶一块面包，比你做的红烧排骨好吃。”我又是瞠目结舌。两个完全吃相相反的人，却坐在了一个桌上。一屋三餐四季。

骢骢吃饭，两岁开始，自己吃，一个勺子一双筷子一个汤碗一个骨碗一个饭碗，喝小碗汤，吃剩的骨头放碗里，吃饭慢条斯理，不吃汤泡饭，不说话，不看电视，好吃的菜放哪个位置，她坐哪个位置。吃鱼，先吃鱼唇，再吃鱼肚白边肉，虾蟹必须是新鲜的，活蹦乱跳下锅。她外公过节，打电话来：“骢骢，过节了，你要来吃饭。”“有野生甲鱼吗？没野生甲鱼，我不去。”那时她三岁。我熬鸭汤，放几根冬草夏草做作料，她翻开砂钵，小筷子把冬草夏草一根根找出来，慢慢吃。她也不知道冬虫夏草是什么，她才四岁。吃饱了，下桌，再好吃的东西，也没兴趣。她外婆在药店上班，她看见白白的像银耳一样的东西，回家叫她妈妈买，炖冰糖吃。她妈妈炖了一碗，她吃了，抹抹嘴巴，说“真是好吃”。当然好吃了，那是燕窝。她那时还是小班的幼儿生呀。安安是什么也不愿吃，喂饭一直喂到七岁，脚盘在椅子上，常吃汤泡饭。等他自己用筷子吃饭了，又吃得狼吞虎咽，嘴巴鼓鼓，饭桌变成垃圾场。他现在十一岁了，我每次吃饭，都要嘱咐他，坐好，端碗，慢慢吃，一个饭都吃不好的人，是不可能做好事情的，也不可能把书读好。他还小，他还不明白，吃饭的态度就是对生活的态度，也是对身体的态度。

无论我去哪儿，第一件事就是打听当地的土特产，必须买。现在有快递，买了即寄，以前，总是大包小包背回家。这些物产，是我给骢骢的最好礼物。事实上，很少买到好东西，时间匆匆，挑选不够精细。但也有例外。有一次，我去婺源，买到了野生石耳，一斤多，我全要了，一百多一斤呢。那时我工资还不到千元，婺源还没开发。石耳炒蛋，或炒白菜丝，骢骢吃得放不下筷子。还有一次去德兴大茅山，各家各户收野生香菇，收了一斤多，炖鸡炖鸭，放一些下去，香气浓郁，口感滑溜，一生吃不上几次的。

没有外出工作的话，我负责烧饭。烧饭的人，都是自己买菜的。我送女儿上学，再返回菜场，把菜买好再上班。猪肉买得少，要买也是买里脊肉、排骨、口条，偶尔选精肉。我喜欢买鱼，买野生鱼。菜场只有一个妇女卖野生鱼，在保育员对面的小巷口。她是灵溪人，风雨无阻地骑十几公里的电瓶车来，驮着水箱，一边一个，卸货，杀鱼，特别麻利。我也风雨无阻买她的鱼。我先到了，马上给她电话，问她到哪儿了。我没时间去，也给她电话，问她有什么鱼，好鱼留一些给我。所谓好鱼，是鱼骨少，鱼肉不糙的鱼，一般是阔嘴鱼、三斤左右的草鱼、黄骨鱼、鳜鱼。她没鱼卖，我也不买鱼。她老公是打鱼的。我也不用问价钱，她也不用开价，鱼怎么杀，怎么切，我不要的部位是什么，鱼要多少，单条鱼需要多重，她全知道。有时，看到鱼好，尤其是雨水时节后，鱼孵卵了，捕捉得多，我选不过来，每样鱼都要——这么好的鱼，怎么舍得给别人买走呢？——我竟然傻乎乎地，像个开餐馆的人，两手都提着鱼，一算，几百块。多了，怎么吃得完呢？我又送给楼上楼下的邻居，送给骢骢外婆，送给盐——腌制小部分。十六七年了，那个卖鱼的妇人，我至今还不知道她姓什么，看着她黑黑的圆弧一样的脸，我似乎看到信江里浪游的鱼。买青菜，也是固定两个人，一个是刘家坞妇人，三十多岁，拉平板车，矮小，瘦，像个放了几天的青辣椒。她的小白菜菠菜，都是自己种的，娇嫩。冬天，她也卖红薯，也是自己种的，黄皮白心，煮稀饭甜甜的。还有一个是汪家园的，挑粪其来，我喜欢买他的红萝卜，中指粗长，下锅一炒，就把油吸进去，难得地好吃。他夏天的辣椒和黄瓜，也是我爱买的。黄瓜生吃，辣椒去籽，生煎，以生抽做作料水，放大蒜、豆豉，熟而不烂，透而不焦皮，怎么吃也吃不厌。挑粪萁的人，坐在矮板凳上，独眼，瞎的那只，嵌了一只狗眼进去，眼珠死白，他的手指短而粗，指甲当小刀用，兜须，他不用刀，用指甲抠。

当然，这是住白鸥园时，菜场大，方便。前两年，骢骢去初中了，我又转到凤凰大道居住。小区的菜场是小菜场，菜也贵很多。蔬菜也大多是卖菜人自己种的，可鱼鲜有，两家卖鱼的，也都是饲养鱼。我不买饲养鱼。我也很少买鸡鸭鹅，饲料喂养的，没什么值得吃的。在白鸥园，有一家卖鸡鸭鹅的，他隔不了几天，会给我打电话，说收了土鸡土鸭。我咚咚咚，跑去。我是信任他的，他和偷鸡鸭的人，有隐秘的联系。可能吃他脏货最多的人，是我。他老婆胖胖的，拔鸡毛特别快，我一支烟没抽完，她便拔好。骢骢抱手上的时候，她小孩落地。小区菜场简单，想吃一餐如意的饭菜，可不简单。那就将就吧。将就又心不甘，又跑大菜场。

我不买超市里的菜，不买菜场的羊肉，不买不熟的人的鸡鸭鹅，极少买牛肉。要吃牛排或羊排，去马克西姆西餐厅或亿升西餐厅，蔡虹带骢骢安安去，我是从不吃西餐厅里的东西。买鸡鸭鹅，我去乡下。每年年底，我也会买一只羊，留着慢慢吃。有一年，我女儿大概是八岁吧，过年，我和一个朋友吃饭，他的女朋友说，她叔叔养了好多土鸡，在田里养的。我立马说："给我二十只，你料理干净了，我去拉。"我看到一地的鸡，我傻了，全是肥胖的大洋鸡。我又不好多说，三百多块钱一只，拉进车，走了，全送给朋友吃。我懊悔自己，怎么轻信了女人的话呢？

几次，骢骢对我说："别排骨炖海带炖萝卜了，也别炖肱骨啊，都吃得想呕吐了。"我问："怎么啦？"骢骢说："再好吃的东西，不能常吃。”我说：“我真买不来菜，要买好食材，比我写字难度大多了。”蔡虹买菜，是不想那么多的，见了就买，很少考虑材质。我外出，就她负责。我回家了，看见她买的菜，我又不多说，理一理，大部分扔掉。

再好吃的菜，安安都说不好吃，一年到头，难得表扬一句：今天的菜不错。他唯一满意我做的，是煎荷包蛋。蔡虹不在家，安安显得心事重重，干什么也不安心。安安爱喝牛奶。值得安慰的是，骢骢安安都不爱零食，更不会吃麻辣烫烤肉串，去吃超市卖的辣条萝卜条。去年蔡虹去四川，我带骢骢安安一个星期。算是最长时间了。一天，是星期天吧，我正在午睡，安安打赤脚，“笃笃笃”，跑到我窗前，说：“我饿了。”我迷迷糊糊，说：“待会儿，爸爸睡一下，你自己找吃，有蛋糕，也有香瓜。”

“都吃完了。”安安说。

那我还是要睡一会儿。我翻了个身，继续睡。

“饿久了伤身，觉还可以继续睡。”安安说。我乖乖地起床，打开煤气灶，给儿子烧了两个荷包蛋。

我却再也不想睡了。

安安五岁那年，我外出工作，她妈妈带他们吃食堂，或餐馆炒菜吃，很少烧饭吃。每次回家，我也不外出玩，好好买菜烧饭。但安安似乎不买账。他爱吃面食，清汤、面条、馄饨，他都喜欢。骢骢吃饭，她上桌扫一眼，好吃的菜摆在哪儿，她坐哪儿，默默吃，吃完了下桌。我儿子，每次都要叫“安安，吃饭了”。他应都懒得应，看电视，或玩玩具。我把电视关了，大家开始吃。他一副苦大仇深的样子。

每天买菜，我都要征求骢骢意见，吃什么。我儿子的意见，几乎不征求。他会说“炒鸡丁、炖排骨、红烧鸽子”。烧了，他也只是吃红烧鸽子。家里有鸡，他就说要吃鸭子，家里有鸭子，他说要吃鸡，家里的菜都不是他想要的。有一段时间，他爱吃蒜薹，三天两天烧蒜薹。而我女儿喜欢吃洋葱，肉丝洋葱，洋葱炒蛋。除了红烧鸽子、红烧鸡翅鸭翅，骢骢安安是很难找到共同爱吃的菜。所以，我一餐，大部分要烧四个菜，两荤两素，另加一个汤。他们各吃各的。共同点是，都不吃辣，不吃腌制鱼肉。骢骢三餐之外，除了水果，很少吃其它食物。安安除了三餐之外，可能还有第四餐、第五餐。他没吃饱下桌，爱折腾，要不了几下，又想吃。我也常常熬稀饭、煮面条、煎荷包蛋给他吃。因为，饿是大事。经常这样，也成了恶习。我不怂恿，让他饿。

作为父亲的角色来说，我最大的优点是极其有耐性给他们姐弟负责一日三餐，只要想吃，我都立即付诸厨房行动。我的生活有几个信条，其中之一是要热爱吃，但不能贪吃。我反对贪吃，贪吃的人大多是交朋友不怎么选择的人，这会误事，也误人生。贪吃的人，也很少有自强的人。

作为一个平凡的人，如我，吃好每一餐饭，干好每一天的事，爱好心上的人，就是一生的大事。

魔 术 师

骢骢是在第五小学就读的。我住白鸥园，过步行街，便是第五小学，再过赣东北大道，便是我上班的地方。我上下班，便顺带把她接回家。上初中了，到了庆丰路，我也搬家到另一个小区。安安读小学，我在外地，第五小学名额满了，去了第一小学。我原想，读了第一学期，再转第五小学，可安安喜欢在第一小学读书，也只有听从他。他喜欢的学校，才是最好的学校。

我一直记不清楚他是几班的学生，长期在外地工作，接他放学次数非常有限。每次去接他，校园出来的学生，穿着校服，黄黄绿绿，我也难以分辨。我翘首望着校园，努力地找他，却有人拉我衣角，回头看看，原来是安安。我去福建工作之后，回家次数多了，去接他的次数也多。第一小学后大门口，有四五家学生用品店，卖文具、手绘本、牛奶、棒冰、水、陀螺、玩具飞机等。有一次，我三点钟便到了校门口，家长只有我一个。我在第一家商店门口，找了一条板凳，坐等。店是夫妻店。老板圆脸，中等身材，老板娘也是圆脸，发福。老板娘问："你是不是蔡虹的老公呀？"我说："我和蔡虹有夫妻相吗？我那么漂亮，她这么难看，也有夫妻相？"老板娘说："不带这样夸自己的，仔细看看，安安像你，神态像蔡虹。安安像蔡虹还是多一些，看人的眼神，是一模一样的。"老板娘说："我和蔡虹是同学，有时候，蔡虹没时间接他，安安都在我家吃饭，安安有些挑食，不怎么吃菜，做安安的妈妈够辛苦的。"四点来钟，家长陆陆续续来接孩子了，大多是一些外公外婆爷爷奶奶。有一个三十多岁的妇人，脸上有麦子一样的颗粒，穿一件淡黄色的披风。她拿一卷毛线，针织。她问："你是安安的爸爸？"我说："是呀，你女儿和安安是同班的吧。""我女儿都读六年级了。"她说。"那你怎么知道安安？"我问。

"常来接孩子的家长，谁不知道安安。"

"他不打架，不打架的学生，要全校出名，多难呀。"我说。

"全校最后几个回家的学生，安安是其中之一，陀螺打得好，贪玩，天天玩得头发出水，成绩排得上名次。"

我说："贪玩我知道，成绩怎么样，我不知道。他回家几乎不做作业。我每次问他作业，他都说在学校做好了，我还以为他没说实话呢。"

"我女儿读书有你安安那么轻松，我就省心多了，放学了，还请老师补课，成绩就是上不去。"

"你要求女儿高了。孩子的学习习惯，比成绩好，更重要一些。"

"那你是不是自己教孩子读书的。"

"我自己都做不来，哪会教孩子。"我说的也是实话。

我去接了几次，安安不耐烦了，说："你以后五点钟后来接我。"

我说："你不是三点半放学吗，为什么要那么晚接你？"他说："还没开始玩，你就来了，影响我玩。"文具店有一间后室，每次放学，他把书包、外套往后室一扔，拿起羽毛球就去玩。后室成了他玩具的仓库，有他的篮球、足球、羽毛球、陀螺、自行车。学校门口有一条后巷，有一段时间，他天天在后巷里打陀螺，用一个塑料圆盆，几个孩子轮着打。他到底有多少陀螺，我不知道。他常去的地方，都放着陀螺，在他舅舅家，在我老家，都有很多陀螺。我白鸥园的房子，现在的房子，陀螺差不多有三纸壳箱。有一次，我整理客厅，满满两箱。我问蔡虹："怎么买那么多陀螺，可以当饭吃一个月了？"蔡虹说："小孩子要玩，不买干什么。"无论在哪儿放陀螺，他都清楚记得有几个，过一段时间，他会清点一次，理出来，坏了的，自己整修。他用一个塑料圆盖，拧紧陀螺，特别专注。我说："安安啊，你读书有这么认真，我就开心了。"他看看我，难得搭理我。有时在家了，他也叫我陪他玩陀螺，一人六个，石头剪刀布，谁胜谁先选陀螺。陀螺先倒，算是输。我很少有赢的。陀螺在圆盆里，"吱吱吱"，他不停地叫"转、转、转"。我的陀螺倒了，他做一个翻手的手势，叫"耶"。他笑得小公鸡一样咯咯咯地开心。旋转的陀螺，在他眼里，是一个奇妙的世界，像一个魔术。他还能让陀螺挂在一根线上转。五六岁的时候，他爱玩挖掘机玩具，客厅的塑料箱里，又是满满一箱。他玩高兴了，对我说："以后长大了，去开挖掘机。"我说："好呀，工地离不开挖掘机，在工地里开来开去，多酷呀，看起来，像个美国西部牛仔，女孩子肯定会爱上你。"

大概在他两岁的时候，我发现他做事很是专注。我家附近的步行街，有一家肯德基店，早上和晚边，员工在店门口跳员工舞，他也天天去跳，扭来扭去，一直要跳到舞曲结束。看电视也是，我怎么逗他，他都嫌我，烦我干扰他。看儿童漫画书，要看完才摆手。三岁多，我带他上街，店名他基本上读得出来。我从不教他认字，我问他："跟谁学的？"他说："看电视认识的。"隔不了两个星期，他要拉他妈妈去歌厅，唱歌。他什么歌都要唱两句，边唱边跳。他十八个月进幼儿园，别的孩子都哭，他是一滴泪水也不会流的。第一天，我去接他，逗他："明天别来幼儿园，妈妈又不在，不好玩。"他说："有滑滑梯，要来的。"上幼儿园，他从来不迟到，下大雪，他也要去。

他是睁开眼，就要出门玩的人，要筋疲力尽了，才回家。没有什么东西，可以留住他在家里的。我也想，长大了，他可能适合流浪，适合走四方。

上小学二年级，我第一次，也是唯一一次，去拜访他老师。他班主任是个年轻女教师，扎个麻花辫。班主任说："安安坐不住，在课堂里走来走去，叫他坐下，坐不了五分钟，又走来走去。"我说："可能多动吧，缺乏自控，但多动症没有，检查过，这个年龄段孩子，是正常的。"班主任惊讶地说："哪有家长这样说话的。"我哑然失笑，说："抱歉了，他吃饭都是走来走去的。""你孩子发言积极，提问了，他经常第一个举手，叫他回答，他说他答不来。"班主任说。我说："孩子通过举手以表达自己的表现欲，是正常的。"班主任又愕然地说："你这个家长，说话好轻松。"我说："孩子给你添麻烦了。"

蔡虹是不让我见孩子老师的。因为老师没用正确的方法教孩子，我会批评老师。骢骢读小学三年级，家庭作业很多，前一个月，我忍了，第二个月，我找到她老师，说："教小学的孩子难道通过布置大量的家庭作业来体现教学水平吗，小孩子适度学习，多些活动，多睡觉，才是孩子应该过的童年。"老师觉得很憋屈，告状给蔡虹。蔡虹说："你以后别去学校，让孩子压力大。"我说："骢骢老师是我同学，我们同出一所学校，我的老师怎么教出她这样的学生呢？老师学好教育心理学，和学好专业知识一样重要。”

我去接安安，却不再拜访他的老师。徐肆是小学的体育老师，他老婆和蔡虹是发小。他女儿和骢骢是发小。昨天，我遇见徐肆。他说：“班主任最喜欢的学生是安安。”我问：“为什么？”徐肆说：“安安调皮，但不捣蛋，有难度的数学题，都是安安做出来的。”我心里喜滋滋的。回家的路上，安安问我：“你猜猜我英语考了多少分？”我故意说：“79分。”他说：“错。”我说：“70分。”“更错。”他说。我说：“60分。”他说：“你真笨，更错的意思就是往上猜。”我是逗他的。我说：“有90分就不错了。”他说：“95分以上。”我说：“不可能100分吧。”他说：“102分。”我说：“不可能，卷面分100分，怎么超出卷面分呢。”他说：“我把题目全翻译成中文了，老师奖励了2分。”“那是要好好奖励的。”我说。我又说：“考试是衡量阶段性学习，不代表别的，说明你这个阶段努力了。”我对安安说：“人最好的品质是勤奋，不知道勤奋就是不聪明，任何事情是需要踏踏实实去做，才会有理想的结果，不做不会有。”我在学校工作多年，预选学生，许多没录取的家长会找我，说：“我孩子真的好聪明，就是懒，爱看电视玩手机。”我都会告诉家长，懒的人，就是不聪明的人。

家距离学校有三公里多一些。大部分时间，都是打车来回，晴好天气，又有适当的时间，我鼓励安安走路回家。他是不愿意走路的，灰尘多，人疲乏。我说“走路回家，我把打车费给你买玩具”，他立马来劲。走路，可以锻炼脚力，我更多的想法是，可以边走路边和安安说话，顺便了解市井生活，看看路边开的店，看看路上的行人，都是一种很好的观察生活的方式。一次到小区门口菜场，我说：“我看看有什么东西买，你等我两分钟。”我从菜场出来，他手上拿着的十块钱不见了，我问："钱去哪儿了？"他说："刚刚给跪在地上乞讨的孕妇了。"我说："那是假孕妇，行骗的。"安安说："人要有同情心，你不能批评我。"我说："我哪批评你呀，我是说，我们对事物要有判断力，不能被表象迷惑。"安安说："跪着多难受，给她钱，也是同情她吧。"

我喜欢和安安边走路边说话。他老对我说："你出个题目，考考我。或者说，你讲个故事。"我摸着他的头，看看他。他也给我讲，哪个同学好玩，哪个同学生日了，哪个女同学爱哭。我说："有没有喜欢你的女同学呢，有的话，带我认识认识，我请吃饭。"他说："我才不要女同学喜欢呢。"我说："那是你长得不够帅。"有一次，他很认真地对我说："我发现你对姐姐更好。"我问："为什么？""你从来不叫姐姐背古诗，你抓我背。"他嘟囔着说。我说："姐姐学钢琴，学得那么辛苦，人的精力有限呀。"我说："现在背古诗，你以后上高中学语文会很轻松，背古诗好处太多了，你以后肯定会说，我老爸多英明呀。"

几次，我对安安说："你自己坐车上学，应该学会自己坐车了。"安安说："我还没学会过马路呢。"从学校回家，走出巷子，他便要吃铅山人做的灯盏粿，一块钱四个，他买四块钱的。卖灯盏粿的妇人，四十多岁，拉个板车，下雪天也卖，穿油伞布一样的雨衣。板车搁在十字路口的拐角上，烧个煤气灶，饭甑蒸。看见城管的人，满脸堆笑，忙着夹灯盏粿给他们吃。或者在路口的面粉店，买一个茶叶蛋。昨天，买茶叶蛋，把一块钱往柜台板一扔，说要个茶叶蛋，剥一下。我狠狠批评了他，说："《小学生守则》有没有学呀，懂礼貌是第几条呀。"他一下子苦起脸。我说："买东西要把钱交到店员手上，是对别人的尊重，麻烦别人要说请，知道吗？"下了金龙岗斜坡，到了路口，等车。下班高峰期，出租车正是交接班时间，打车特别难。我拉着安安的手，背着他重重的书包，满街的喇叭声，“叭叭叭”，人来人往，街上浮着一层晃动的头。上了车，他便捂着鼻子，没两分钟，便靠在我身上，迷迷糊糊睡了。下了车，他晕沉沉的，有时，还叫不醒，我抱起他上楼。我有些抱不动了，摇摇晃晃，我才发觉，安安给予我的，远远多于我给予他的。

安安像个魔术师，是个想方设法让自己也让别人快乐的人，他的道具五花八门，也使我的客厅房间，杂乱无章。

拉车人，推车人

“爸爸，你不能那么大声说话。”中午，一般都是我和骢骢在家吃饭。我的任务就是给她烧饭。她吃完饭，一边整理书包，一边对我说。

“我对你大声说话了吗？我从没对你大声说过话。”我在剥葡萄，预备冰镇一下，消暑。我问：“是不是我说话语气不好呀？”

“你总是对安安大声说话，他有什么事情，你应该把他叫到你身边，轻轻地告诉他。”骢骢说。我说：“对安安是严厉了一些，但也没责骂过他呀。”我又说：“你说的话，爸爸记住了，爸爸再也不大声说话了。”

骢骢十五岁了，是第二次很正式地给我提意见。第一次提的意见是，安安有时候顽皮，爸爸要负责任，不能全由妈妈管，妈妈够辛苦了，爸爸也不能怪妈妈没管好安安。我也接受了。我便监督安安每天背古诗。这两年多，安安把《千家诗》《杜甫诗选》《唐宋好诗词365

首》中，大部分的诗背下来了。他是强记，也很容易忘记。我倒不是苛求安安一定要背下来，至少熟读。我一直觉得，学语文，学自己艰涩的母语，熟读古诗词，熟悉汉语的韵律，领悟汉语的语境，培育汉语的语感，都是非常有必要的。

安安就读的学校，离家比较远，也基本上都是他妈妈接送。他黏他妈妈。有时，我也去接。我接他，他便有些不耐烦，问："妈妈怎么没来？"我说："妈妈有事情，来不了，爸爸接你，你也开心呀。"安安便说："你去小店坐，我还要打球呢。"我便等到学校关大门了，再把他喊出来。我背着他重重的书包，拉着他的手，往路口走。路口是个斜坡，车来车往很多，也摆些零食摊。他便要一盒牛奶，或者一盒灯盏粿。一路上，我们谈很多父子之间的话。我对他有很多期望，但我从来不说出口，因为我不能把自己对他的期望，强加给他。他应该有自己的选择。有一次，安安问我："人，为什么要读那么多书呢？"我说："人和动物的区别，最大之处在于，动物以本能求生，人不能仅仅靠本能求生，还需要知识，读书是获取知识的主要途径，人也可以不读书，靠力气干活，挑担，伐木，挖矿，但会生存得十分艰难。"安安是个爱读书的人，喜欢看世界地理文化之类的书。他拿起书，靠在沙发上，十分投入，怎么叫他，他也不应答。

有一次，我表弟来电话，说老家盖的房子，被镇政府拆了，姑姑哭了好几次，觉得被人欺负了。我说："哪有拆旧建新，被强拆的事呢，不大可能，我问问镇里。"下午三点多，我给镇书记打电话，询问了农村建房要求。书记可能还在睡觉，懒洋洋的，显得很不耐烦，说："你说完了呗，有没有说完呀。"我一下子火上来了，我说："我还是询问呢，又没要求你干什么，你也把你自己看得太大了。"我便挂了电话。第二天，镇书记打电话给我，说："你表弟的事，我交代好了，你叫他来镇政府办理手续吧。”我说：“那谢谢你了。”我去接安安放学，路上便想着这个镇书记的事，不免感慨，做一个百姓多难呀，做一个百姓多痛苦，被这样的人像一块乌云一样罩着，百姓还不能表达痛苦。我对安安说：“你要好好读书，以后要出国。”安安说：“那出国了，还要回来吗？”我说：“可以不回来，也可以回来，即使回来了，也不要回江西，可以去浙江、江苏。”安安问：“为什么？”我说：“等你再大几岁，爸爸告诉你。”

八月底，安安学奥数结束了。我去接他。他在亿升楼上，我找了好半天，也没找着。亿升有东西南北楼，我又没问清楚，具体在哪一栋。问了送水工，才知道在南楼。我坐在楼道，看《花城》杂志。一个管理员过来，看我搭在椅子上的书，一大摞，问我：“你还看书？”我抬了一下头，笑了一下。他说：“来接孩子的人，都刷微信，你是第一个带书来看的人。”我又笑了一下。下课了，安安说：“给老师交钱。”我说：“为什么，教师节还没到呢。”安安说：“补课费还没交呢。”我去了教室，老师正在收拾课本。我说：“老师，我们还是第一次见面，我没做好。”老师说：“都是安安妈妈来。”我问：“安安学得怎么样？”老师说：“安安都被老师宠着，人聪明，好几届学生，没遇上这么聪明的孩子了，毛病也多，你在家这两年，改变很多了。”我说：“勤奋是人最好的素质，聪明的孩子太多，拜托你也严管安安，我会配合学校的。”回到家，我在做饭，安安看电视。他爱看电视，看少儿节目，即使是幼儿节目，他也看得津津有味。我说：“这样的电视怎么也看，都是三岁以下幼儿看的。”他也难得搭理我。

饭是最难烧的。四个人，都不同口味，便也烧各色样式的菜。早餐，在我家里，是几乎不烧的，烧不出来。四个人，四份不同的早餐。买菜，我征求他们意见，每个人报出来的菜，没有相同的。安安和骢骢都喜欢的菜，是韭菜炒蛋、红烧鸽子。以前，他们喜欢的菜，是洋葱炒蛋、清蒸口条。再以前，是红烧新鲜黄鱼、水蒸蛋。七月份，骢骢宣布，吃素食，不吃肉了。我正在烧饭，把红烧鸽子烧好，她拿起筷子，慢慢啃。我问："你不是素食吗，怎么又吃了呢？"她说："今天吃了再说，明天再素食。"第二天，骢骢外公送了一只鸡来，我把鸡翅鸡脖子鸡腿红烧，鸡身煲汤，骢骢一个人干了一半。我又逗她："味道怎么样？"她说："外公难得送鸡来，我要多吃。"四月下旬开始，我便吃杂粮了。刘海燕是央视知名纪录片编导，四月份来横峰，我陪她采风。我见她几日都不吃白米饭，问她为什么。她说："已经有两年多没吃米饭，吃杂粮。"我问："吃杂粮感觉怎么样？"她说了很多好处。我回到家，买来红豆、黑豆、花生米、薏米、葡萄干、红枣、粟米、莲子、桂圆、糯米、绿豆，配起来，储存在一个食品罐里，每天煮杂粮吃。第一餐吃，比吃糠还痛苦，我吃了半碗，便不吃了。吃不想吃的食物，和做不想做的事，同样别扭。吃了三天，我便对米饭失去了兴趣。隔了一个月，我体重下降了八斤，精力也明显充沛，新陈代谢也很顺畅。骢骢羡慕我，说："我也跟你吃杂粮。"我说："你还是孩子，体重很正常，需要好的营养，不能为了减轻体重，把营养也降了，该吃什么还是吃什么，身体健康第一，其它都其次。"她说："那我到了开学再吃肉食。"她说的肉食，是指猪肉。每次去菜场，我也不去肉铺，买牛肉和鱼。吃了几天，她便乏味了，说："爸爸，还是猪肉好吃。"但她还是坚持不吃。我说："那我带你去吃羊排吃牛排。"她每个月，都要去马克西姆西餐厅吃几次羊排。羊排，她从小就喜欢。没想到她却说："在青海玩了半个月，天天吃羊排，吃得都想呕吐了。"

没外出远游，我基本在家里，几乎不访友。有一次，我写东西，忘记烧饭了。我去饭厅，见饭菜都上桌了。三菜一汤，荤素搭配，品相不错。安安吃得有滋有味。我问：“骢骢，是你烧的？”骢骢笑了，说：“烧菜有什么难的。”我问：“你跟谁学的？”她拿出平板电脑，说：“烧什么菜，这里都有。”安安取笑我，说：“爸爸，你烧的菜最难吃了，论好吃程度，妈妈排第一，姐姐排第二，你排第三。”我问：“排第四的人是谁呢？”安安说：“没有排第四的。”我想：傅家有女初长成，小孩远比大人眼中更成熟。

开学了，骢骢每天早上六点半起床，去学校，中午十二点一刻到家，下午一点二十分去学校，傍晚六点一刻到家，吃了饭，继续写作业。她是压力最大的一个人。她也是作息最有规律的一个人。也是生活习惯最好的一个。这么大了，我从没批评过她，也没责骂过她。她说什么，我都会答应。我没有理由不答应。安安会顽皮一些，但他永远不触犯底线。安安自小，有些多动，难以克制自己，上课也走来走去，让老师束手无策，哭笑不得。老师常把我爱人叫去学校诉苦，顺带地，训斥家长。我也对安安严苛一些，吃饭，看书，做作业，哪些姿势不对，我便说他。他隔了几分钟，便忘记了，恢复如初，盘腿吃饭，卧着看书，趴着写字，躺着看电视。可能是我说的次数多了，骢骢便说我，对安安应该温和一些。想想也是，我不应该絮絮叨叨，我还没老呢。即使老了，也不能絮絮叨叨。有些坏毛病，待人长大了，自然会改变的。可能是我心急了，无意间会挫伤孩子。有时也责备自己，离家在外工作几年，很少陪孩子。我还没陪他去过图书馆、科技馆、体育馆，很是不应该。甚至，我很少给他洗澡。到了十岁，他才自己洗澡，换洗下来的衣服，东一件西一件，扔得乱七八糟。我拿一个脸盆，叫他自己捡拾。洗玩澡，他便叫：“爸爸，把我毛巾毯拿来。”每次都这样。我说：“你洗澡，是不是还要带一个助理呀。”有一次，卫生间里，传来噼噼啪啪的声音。我以为窗外下大雨了。我打开窗户看看，星星点点，凉风习习，半滴雨星也没有。我推开卫生间门，见安安在喷水龙头下，撑一把雨伞，打转。水，哗啦啦地冲在雨伞上，水珠四溅。我说："洗澡，有这样的洗法吗？"安安说："好玩，真好玩。"我说："玩一会儿就可以了，秋天易着凉。"他继续转伞。

安安喜欢打羽毛球，喜欢骑自行车，喜欢溜踏板车。前两天，吃午饭，他郑重地说："下个星期，有一个重要的日子。"我问："什么日子，爸爸妈妈结婚纪念日？"他摇摇头。我又问："班上最漂亮女同学生日？"他说："班上没最漂亮的。""难道是中秋节？"我问他。他妈妈说："安安十岁生日。"我说："去年十岁生日，在欣凯皇冠，花了我一万多，今年怎么又十岁生日？"他妈妈说："今年是十周岁，十周岁也要好好过一下。"我说："骢骢安安，每年过生日，还不是摆大餐吃。"我在房间里写字，安安便对我说："爸爸，我想要一辆自行车。"我说："你不是有好几辆自行车吗，都是崭新的，没骑几次，便不骑了，是不是很浪费呀。"安安说："多一辆，方便嘛。"我说："买了自行车，便不能去外面吃饭，吃了饭，还要去游玩，爸爸哪有那么多钱。"安安说："你买自行车，妈妈管吃饭。"我说："妈妈的钱也是爸爸的钱，爸爸的钱也是妈妈的钱。"安安说："给了妈妈，便不是你的，妈妈的钱是给我们用的。"我说："谁说的，你知道吗，很多孩子读书坐车的钱都没有，走十几路上学，要不，我带你去看看他们。"我说的这个话，是不带水分的。我最想带安安去的地方，不是科技馆、体育馆，而是孤儿院。横峰有一个孤儿院，我去过几次，每去一次，感触很多。我的孩子也应该去看看。这个社会，有很多被人遗忘的地方，都需要我们去看看，这样，会认识另一种人生，会更深地认识社会。

楼下，有一个大院子，有时间，我也陪他下去。每次打羽毛球，他都非常开心。我赢了，他便说我没风度。我输了，他便笑我技不如人。我乐呵呵地笑。下小雨，或起风了，他溜踏板车。我在院子里散步，他滑车。车轮会闪闪发光，莹莹淡绿色。他滑出各样姿势。我看着他，在树与树之间的走道上，溜来溜去，淡绿的光慢慢消失，又慢慢出现。滑得满头大汗了，安安说："你在前面拉车，我不滑了。"我说："踏板车就是滑的，溜起来才好玩，哪有拉的。"我在前面拉着车把，走了一节路，便不拉了，说："车轮磕碰到脚，走路不舒服。"他说："爸爸，那你到后面推，推也可以。"我便推着他回家，说："安安，是不是你发明的呀，踏板车怎么用来推呢。"

睡前读首诗

骢骢在小学阶段，我没有另外安排她读诗，确实有些懊悔。她学钢琴四年，到了八级，也没学了。她说："我想玩，到了初中没时间玩了。"我说："可以，去哪里玩，你告诉妈妈，叫妈妈陪你去。"她说："还是去有海的地方。"我说："你去了很多有海的地方，可以去古城玩玩，苏州还是不错的，假如觉得苏州好，你以后可以去苏州定居。"苏州玩了一圈回来，骢骢说："苏州不好，菜也不好吃。"我说："苏州有很多园林，自古出艺术大师，在历史上，出了很多大师级的画家书法家，苏绣昆曲也都是国宝，园林是古典美学的精华，苏州怎么会不好呢。"骢骢说："不喜欢就是不好。"我说："那是你妈妈没带你去好玩的地方，爸爸还没去过呢。"

从三年级下学期开始，我安排安安读古诗，每天睡前读一首。他妈妈反对，说："孩子这么小，怎么读得懂古诗呢，不堪求解。"我说：

“读古诗和解古诗，是两回事，多读读古诗，太有好处了。”他妈妈问：“有什么好处呢？”我说：“好处太多了，读多了，奥妙会慢慢领悟出来，不读，永远不知道古诗的奥妙。”

在我学生时代，我花了很多时间背诗。初中阶段，我的语文并不出色，语文老师一年换一个，没一个老师喜欢我，当然，也没一个讨厌我。初二语文老师徐渭清是全国特级老师，非常严厉，我们惧怕他，顺带的，也不爱语文了。我那时候就觉得，一个好老师，温和的性格和渊博的知识一样重要。到了师范学校，教我文选和语基两门科目的，是皮晓瑶老师。她参加工作时间不长，温文尔雅，普通话也讲得好，曼声曼调，我们班上同学，都喜欢她上课。我觉得自己太无知，必须从头开始学。我列了一个四年计划，分唐宋诗、宋词、欧美诗歌、俄罗斯诗歌、现当代诗歌、诗经楚辞，每天背，早上背一首，晚上睡前背一首，不分节假日，坚持了两年，还没背完，我已经毕业了。参加工作时，我分配在我的家乡郑坊镇西山中学教书，一个僻远的乡村，我接着背，又坚持了一年半。当代诗歌，我所能买到的书有限，又没钱，就从刊物找。《诗刊》《人民文学》《诗歌报》《诗神》《星星诗刊》，我从这些报刊抄写，把自己认为好的诗歌，誊写在笔记本上，早晚背。我还写读诗笔记，形成小论文的形式，八百字一篇。我投稿给《赣东北报》“信江”副刊，编辑发了一篇，发第二篇的时候，编辑打电话到师范学校，请我去报社。我到了报社，编辑问：“这个小论文是你自己写的？”我说：“是呀，写很多呢。”我把软皮抄翻开，给编辑看。编辑姓吴，叫吴晓明。他说：“你一个学生怎么写得这么好，不像学生写的。”我说：“我还在别的报纸发过整版副刊小说，打破办报以来记录，整版刊发单人单篇小说。”吴编辑说：“好好坚持，以后多来稿。”

背了多少诗歌，我不知道。我现在也几乎不记得那些诗了，早还给了诗人自己。但我每次写稿子时，诗歌中的那些东西会山泉水一样，流出来。或许，这就是诗歌带给我的，浸透了我血液。

中国人，多读古诗是必须的。我们的美学，大部分来自古典诗歌。无论是文学、音乐、戏曲、美术书法、手工艺术，还是民间物件、陶瓷、筑舍、建城，都深深烙着古典诗歌的印记。我们每一天的生活都离不开古典诗歌。我们的政治学文化学也有很多直接从古典诗歌中移植过来。汉语言，不仅仅是交流工具，还是美学、思想、时代的载体。学好汉语言，读写思，是三条必须走的路。读是前提和基础。我是这样想的，训练自己敏感的语感，是学好汉语言的关键。读古诗，是训练自己语感的最有效方法。

给安安读哪些古诗呢？我去书店，转了半天，选了一本《千家诗》。我先看一遍，把不必背的，以×号做个记号。《千家诗》有比较详细的注解，孩子可以自己看，看两遍注解再读，读熟了，自然能背。先绝句，再律诗，从简至繁，从易至难。我还给安安配了一本《现代汉语词典》，不认识的字，他查字典。第一个月，读得很艰难，背一首诗，差不多要四十多分钟。看完了注解，大声读诗。诗最好不要默读，要大声读，也不能快读，把诗的音律节奏读出来，像喝茶一样，啜饮。他读的时候，我把电视关掉，坐在孩子身边，听。

《千家诗》背了一年，背得差不多了。我又去新华书店找书。适合孩子读的古诗选本很多，但我还是选了《唐诗三百首》。我读一遍，把不需背的篇目×出来。叶嘉莹老师单独给中小学生选编了《给孩子的古诗词》，选本非常好，可惜没注解，不适合小学生背诵。《唐诗三百首》有注解，注解详实，言简意赅。这本书，安安也差不多背了一年。我又买了《杜甫诗选》。杜甫是我十分喜爱的诗人。我也读，和孩子一起读。安安按照我标出来的篇目，逐一背。《杜甫诗选》背完了，我选了一本《唐宋好诗词365首》。这个选本非常好，尽管里面的诗歌和《千家诗》《唐诗三百首》有很多重复，但增加了词和长诗、叙事诗，难度比较大。我选难度大的诗词，给孩子先背，如《春江花月夜》《长恨歌》《琵琶行》。难度大的诗词，读顺畅，要花七八个晚上，读顺畅了，再背，差不多得半个月。有时候，孩子玩得比较累，我也不提倡他额外读诗。孩子体力有限，疲倦的时候背诗，没效果。

现在他背一首绝句，一般在十五分钟以内。他还是会给我出人意料的惊喜。他知道以比较的方法读诗，相同类别的诗歌，他对照起来看，还能谈自己很多看法。我知道，他现在背的诗歌，大多属于强记，没有在心里扎根，也很快会忘记，但又有什么关系呢？古诗给人的滋养，是心灵的滋养，和阳光雨露是一样的。我们不能说，要把阳光搬回家，晒在客厅里，晒在床铺上，但晒了阳光，我们暖和了，身心舒服了。心灵滋养是比掌握知识更要的，给人内心广阔的空间。

我是一个傻父亲。我不会安排孩子前程，不会计划孩子未来，孩子是一只鸟，有他自己的翅膀和天空。

到了初中，我想，安安可以看一些国外诗歌，如泰戈尔、纪伯伦、艾米丽·狄金森作品，还可以看长篇小说，如《三国演义》《红楼梦》，可以看莫迫桑、爱伦·坡、契诃夫、都德……当然，这都是我一厢情愿的想法。这些都是建立在学业完成好了的前提下。

我现在还有读书再睡的习惯，床上、桌子上，都是书，随手可摸来读。这个习惯三十年了。我读的书，以诗歌和外国笔记为主，尤爱诗歌。安安也会读几页书再睡，他读杂七杂八的书，动漫、手绘本、探险、历史故事、地理文化，我也懒得问，重要的是，他会读首诗再睡——没有什么比这个习惯，更让我开心的了。

点灯的人

学前班读了一年，安安便争着要去“小星星”英语班学英语。他还不到三岁，讲话都讲不清楚,说话有结舌音。他还不知道什么是英语，他想去完全是因为他姐姐去学英语。他姐姐背一个动物书包，去上英语课，安安也跟去。姐姐放学，他也去接。过了两个月，安安说：“我也去学英语。”英语课五十块钱一节，他妈妈问我：“会不会乱花钱呀？”我说：“让他去呀，小孩有一个玩的地方该多好，比看电视快活吧。”

英语课，一个星期三节课，一节课一个小时。“小星星”是一个小学生培训机构，开设很多班，英语、语文、美术、数学，都有。教室在一条小弄堂里。我以为安安学三两个星期，新鲜感过了，不会再去学。我问安安：“学英语好玩吗？”他也不理会我。出门了，我逗他：“今天不去学英语了，去银泰游乐城玩。”他爱去银泰游乐城，每天都要去玩一次，玩到筋疲力尽了，呼呼大睡，他妈妈抱他回家。他妈妈抱不动，我下楼，去接一程。安安说："上了英语课再去。"

我从没指望他学多精妙的英语，能玩开心就可以。我去"小星星"接他，他老师对我说："你孩子上课，走来走去，谁都叫不住他停下来。"我乐呵呵起来，说："这才是正常的孩子，孩子都不愿走来走去了，不贪玩了，就不正常。孩子有些多动，多巴胺分泌的缘故吧。"安安两岁的时候，走路跌跌倒倒，每天傍晚去肯德基门口，和服务员一起跳员工舞，拍手叉腰跺脚，扭小屁股，笑翻全场。他见了谁，都不陌生，两分钟混熟。他睁开眼，便出门，玩得昏昏大睡，才回家。每天必去步行街走一圈，每晚必去银泰娱乐城玩儿童游戏。我从来不阻止。

没想到，他一直坚持了下来，一节课也没耽搁。到了小学，他妈妈给他报培训班，上数学语文，还要上其它科目。我反对了，说："小学阶段跟上班，不落下来就可以，不当科学家，不需要顶尖的成绩，小孩不是这样教育的，你培养他兴趣就好了，他以后会找自己发展的路。"安安又去学小提琴，老师是个熟人，送给他一把小提琴，看看安安是不是有兴趣。安安去了两次，便不去了，说："拉小提琴一点儿也不好玩，脖子扭起来，难受死了。"我说："音乐可以选一门学学，现在小学教育，还是以应试教育为主，把素质教育放在次要层面，很多小学生简谱都不认识，到了初中，音乐课体育课都成了语数英的作业课，对孩子成长有害，我们改变不了这个局面，但我们可以弥补。"选来选去，安安选了学习吉他。吉他相较于其它乐器，比较枯燥。我说："安安，你可以学吹萨克斯，萨克斯吹起来，太酷了。"萨克斯学了三节课，他觉得不好玩，不学了说："吉他好玩，弹起来，像个流浪汉。"我说："那由你吧，但坚持是必须的，不要玩了半年又不学，那样会一事无成。"每次去学吉他，他妈妈背一个吉他，像是出门做流浪歌手似的。

到了四年级，他又去学围棋。他好动，我以为他坐不住，学不了几天的。我曾提议过，他学书法或画画，让他安静下来。他没什么兴趣，买来的纸笔扔哪儿去，谁也不知道。学了半年，他也在家里，和我对弈。我没学过围棋，技术差得如土狗。我还是有模有样地摆开棋谱，陪他下。我赢了，他说“你这个当老爸的，一点儿风度也没有”。我输了，他说“你真没用，棋艺臭得像汗脚”。我几次去棋院接他，他还没下课，我坐在走廊边的靠背椅上，等他。家长十来个，倚窗而坐，低着头，玩手机。我不玩手机，在孩子面前。我也不让孩子玩手机。我要求孩子不要做的，我必须自己不做，这是一个原则。有时，我推开门缝，看他下棋。我一直手撑着脑袋，作深思状，一手下棋。

在第一小学，安安绝对是家长口中的“名人”。我一个二十余年老友兄长，他爱人，我叫嫂子，叫了二十年。嫂子叫我“哦，安安爸爸”。我坐在小店门口等安安放学，家长看看我，说“哦，你是安安爸爸”。至于他因为什么“出名”，可能是老师喜欢他，他爱活动。有时别的家长，会当面夸奖安安，聪明，什么东西一学就会。我便在路上对他说“这个社会聪明人太多，勤奋的人好少，我们要做一个勤奋的人。勤奋的人，比聪明的人可靠”。没人不认为安安不调皮的。可能我是唯一不认为他调皮的人。爱活动，不等于调皮。我对他最满意的两点，不触犯底线和专心做事。无论是老师还是我或他妈妈，交代他的事，他都不会触犯底线，他不争东西不耍赖，时间观念强，不乱跑，也不和别人发生争执。他做事，一下子安静下来，无论做作业还是看电视，都很安心，叠玩具积木，下棋，打球，都很专注。这是他非常好的品质。我有时候表扬他，你比你老爸强多了，老爸烧菜有时候不专心，把排骨都烧焦了。他玩积木，我去骚扰他，他显得不耐烦，说“你能不能走开点，可不可以不叨扰我”。他最大不专心，可能是吃饭，我“苦口婆心”说很多次，吃饭认真的重要性，他头也难得抬，不理会我，这给我很大挫败感。

上个月中旬，我去英语培训班接安安回家。我去得早，便坐在大厅里，和培训老师聊天。老师是个三十多岁的女同志，说：“安安爸爸，你还是第一次来吧。”我说：“之前在‘小星星’常去，金龙城涂老师那儿也常去，你这里还是第一次来。”这是安安第三次换的英语培训班，外教带的，训练口语。老师说：“你怎么教你孩子的，安安和骢骢，老师都特别喜欢。”我乐呵呵地说：“老师当然喜欢呀，一节课两百块钱，哪有不喜欢的。”老师说：“你真会说笑，你孩子格局大，我带他出去玩，他还不让我花钱，他说他请客。”我说：“你不能因为他不让你花钱，你就说他好话。”老师说：“不是的，来这里上课的同学都喜欢你安安。”我说：“他就是会找乐子呗。”老师说：“安安来了，我们都开心。”我说：“可能我对孩子要求不高吧，他不累，健康快乐，我就可以了。”老师问我：“你在家经常给你孩子讲道理吗？你两个孩子很懂道理。”我说：“我很少讲道理，讲多了，孩子会烦的，何况我自己都不懂道理。”我以孩子的意愿为他成长根本原则，我几乎不叫我孩子服从我。我不想让孩子从小屈服一个人，哪怕这个人是他老爸。不要给自己孩子奴性，奴性是人尊严的天敌。我们的身边，有太多奴性的人，站在利益立场，摒弃任何东西。这是人的悲哀。我们要去做一个凭能力而活的人，而不是做一个依靠奴性依靠依附而活的人。没有奴性，我们可能会活得艰难些，但踏实，可以昂首挺胸。我也不太问孩子成绩，重要考试，我会问问，考得优异，我会奖励，只要孩子开口，合理，我都会答应，比如买自行车，比如去旅游。我不问成绩，不是我不关注，而是不要过于在乎分数。问多了，孩子就知道父母在乎分数，他会有很大压力。在孩子眼里，分数是重要的，在我眼里，学习习惯、学习态度是最重要的。不要让孩子过于纠结于分数，他努力了，就足够。我们需要督促的，是他是否努力，而不是分数。我看过很多这样的家长，看了孩子分数，当场在路上打孩子。有一个我熟悉的家长，我问他“你孩子做作业，你在干吗”，家长说“打麻将”。我说“那你没有资格问你孩子分数。我们做家长的，不是仅仅看孩子分数结果，而是要看自己参与孩子的过程”。我常常对我身边的人说“我以后，写一本书，叫《如何做一个优秀家长》。我在学校工作那么多年，太有想法了”。

今天中午送安安学围棋。出门的时候，我说：“安安，你把垃圾带下去。”安安说：“你自己不带，叫我带。”我说：“爸爸抱着书呢，你也可以带呀，爸爸还天天烧饭给你吃呢。”安安说：“是我帮你吃呢，煎椒牛柳、焖排骨，还帮你背诗，一天一首。”我说：“那你可以不吃，可以不背的。”我们互相打趣。他懂的东西，比我想象的要多。他说：“项羽是个悲壮的英雄。”我问：“为什么这样说？”他说：“项羽无颜见江东父老，乌江自刎，无颜就说明他不厚颜无耻，有自尊心，假如跟韩信一样，忍胯下之辱，他回到江东，说不定刘邦定不了天下。”他接着说：“江东自古多才俊，可以很快打回来。”我说：“刘邦会用人，项羽不善于用人，关键时刻没主见，这是项羽失败的根本原因。”安安说：“刘邦把萧何用得好，萧何月下追韩信，不放过人才。”我问：“你这些是从哪里知道的？”吃饭的时候，央视11套正在播《三国演义》“诸葛亮借东风”，安安说：“诸葛亮善于装模作样，骗无知的人。”我看看他，有点儿惊讶。他已经十一个虚岁了，比我十八岁时懂的还多。

我很少会催促孩子起床。孩子贪睡，是好事。每天，早早的，孩子起床了，尤其冬天，天还是黑咕隆咚的。孩子起床，坐车，吃早餐，到学校，中午在托管老师那儿吃一餐，晚上有时候还学英语围棋。孩子睡的时间，还是比较缺乏。我们一代代的人，都是从小受苦。我们这一代，缺衣少食，边读书边干农活，饭都吃不饱，饿着读书，走十几路去学校。到了我们子女这一代，学习压力特别大，学习竞争性很强，一天的时间，都是在课桌上度过的，作业繁重，他们从小活得累。谁都无奈。做父母的，很难，做一个学生，更难。我们能做的，只是默默陪伴。我们作为父母，只是为孩子点灯的人。

随时为你开门

孩子早上去上学，我还在迷迷糊糊地睡。我听到孩子穿衣、收拾书包、洗漱、开灯关灯、开门关门的响动声。孩子入小学之前，我烧早餐，一份份分好，摆上桌，等孩子吃。孩子入学之后，家里不再烧早餐了。我几次对骢骢说："爸爸给你烧早餐，你想吃什么都可以。"骢骢说："你烧好了，我也没时间吃，我边走边吃，吃馒头。"我有些心疼。安安喜欢吃小笼包、灯盏粿、烧麦，当然，他最喜欢吃的，还是稀饭。咸鸭蛋下稀饭，他吃得特别开心。

似乎我每一天的时间安排，几乎是不变的，除了出远门的情况下。早起喝温水、洗漱、吃早餐、买菜、洗菜、写作、烧饭，上午结束了。菜场在小区围墙外，我走路去，不要两分钟。我提一个竹篮子，一个摊子一个摊子看过去。我是一个粗心人，对很多事情不上心，或者不在意，（工作之外）我唯一花心思对待的事，可能是买菜了。我有原则，不买反季节菜、不买转基因菜、不买饲料肉、不买野生保护动物。选食材花时间。菜场有一个小店，店主是一个傻大哈，我去买调味品，她每次都翘起三角形的嘴，露出上面兔牙，盯着篮子，问：“你菜哪里买的，羞嫩羞嫩，看起来就好吃。”我笑起来说：“你看你儿子，把他打理干净，看我菜篮干吗？”“小孩有什么打理的，等下不就脏了。”她翻翻我菜篮，又问：“你这个菜篮好，哪里买的？”洗好菜，切好，把饭焖下锅，开始写作。写的东西，一般边买菜边想，洗菜切菜理顺思路。到了十一点半，打开电视，看央视九套纪录片，到十二点整，开始烧菜。骢骢回家，我正好把菜烧好。我坐在沙发上，听到她球鞋踏在台阶上的脚步声，“噗、噗、噗”，一脚一脚踏上来，我打开门，见她穿着蓝白相间的校服，松松垮垮，说：“菜正好上锅，可以吃饭了。”她洗漱一下，盛饭吃。我每餐会烧她爱吃的菜。她爱吃炒菜、红烧菜，爱喝砂钵煲骨头汤。辣椒要切丝，蒜苗要切短，姜蒜要切细，菜上锅前，要放小勺糖。青菜要烧一个，尽管她不爱吃，但她还是会吃几筷子。炖菜，她不爱吃，比如炖排骨。我说：“炖菜有营养，把骨髓全炖出来了，鲜美。”她反问我：“我会缺乏营养吗？”我讪笑。她又说：“不好吃，再营养也没用，所以，不如好吃的。”我继续讪笑。

吃了饭，我说：“骢骢，你喝杯温水，休息一会儿，到一点十分，爸爸叫醒你。”她看一下平板电脑，靠着床沿睡着了。有可以睡觉的间隙，睡一会儿好，哪怕是十分钟。

女儿出了门。我边看电视边休息。

接着上午没写完的，继续写。写完了的，我不再写了，上网看新闻，或继续看纪录片。有几个纪录片，我看好几次了，每次看，都看得傻傻的。《非洲》《地球脉动》《野性的终结》《星球》，都是我爱看的。没好的纪录片，我看书。杂七杂八的书，绘画史、美术史、自然笔记、故宫台历、朋友的作品集子、《现代汉语词典》，都看，看几十页，再好也不接下去，慢慢看，隔一段时间再看。也看自己的散文集，像读别人写的书一样，很认真，逐字逐句，看自己写的书，觉得很陌生，像是另外一个人写的，看到动人之处，会想，怎么知道这样写呢，写那么好，看到字差处，便鄙视自己，怎么那么短路呢，呆瓜一个。恍恍惚惚的，一个下午，便过去了。

下午五点，焖饭、切菜、烧菜。五点五十分，骢骢回家。她书包的金属扣链，在楼道里，“叮叮当当”。她的脚步比中午重多了，“嗒嗒嗒”。楼道里，有了回声。我打开门，叫一声“女儿，放学了吧。书包拿过来，我爸爸放，你去吃饭吧”。她在桌边扫一眼，不作声，去洗手。不作声，代表满意。吃的时候，她会说“怎么羊肉这么咸呀，芹菜没有蒜苗做作料香”。我说“今天买加加酱油，商店里没海天酱油了，加加没海天好”。家里常吃海天酱油。成家至今，我家里不买味精鸡精之类的调味品，只买酱油。其它调味品是食盐、白糖，还有就是植物调味品。我自己买来胡椒、陈皮等，磨成粉末，装在玻璃罐里。也几乎不吃色拉油、金龙鱼油之类的，吃山茶油，直接去农村榨油作坊买。

大部分时间，是我和骢骢两个人在家吃饭。安安星期三晚上、星期四晚上、星期六中午，在家吃饭。他在托管老师那儿吃中餐，晚餐吃街上面食或去孩子吃的餐馆吃饭。他学了几样课外辅导课。他晚上到家，一般九点半。无论我是坐在客厅，还是书房，我都能听到他在一楼门前的小道上，叽叽喳喳的说话声。他是一个没有秘密的人。他还没有到有秘密的年龄，到了有秘密的年龄，他不会叽叽喳喳了。他爱和他妈妈说话，什么话都说。铁门当啷一声，开了。他稚稚地吼两声“哈、哈”。楼道声控灯亮了。“嘣、嘣、嘣”，他跑上来。我打开门，说“安安，今天是不是玩得很开心呀”。他每天都是开心的，即使不开心，一会儿，风一吹，便没了。他听他妈妈的话。也有不听话的时候，生气，鼓着脸，眼里噙着泪水，一言不发。他妈妈脸成了猪肝色。我说“有什么事值得这么生气呢，没什么事值得生气，看一会儿电视吧，《熊出没》还在播呢”。我把遥控器递给他。电视屏幕不断地变化，熊大出来了。他从不争吃，也不争穿。他爱打羽毛球，每天放学，要打一个小时羽毛球。我去接他放学，会在店门口坐等，看见操场没什么人再进去接他。他还说“你再去坐十分钟，我自己出来”。

我住三楼。我选房子，几乎不选电梯房。有电梯房，我也住低的楼层。我不想坐电梯。电梯给我牢笼的错觉。每次，等孩子回家，听见他们的脚步声，我觉得心里被阳光照了进来。我给骢骢开门，她有时会问“中午你怎么想起烧煎椒牛柳了”。她嘴角露出丝笑容。她鼻子很厉害，嗅觉灵敏，她在一楼，便嗅出我烧什么菜。我从贵州带来烟熏肉，开水泡了几十分钟，切丝，炒酸菜豆干。我站在门口等她进门，她说：“爸爸，怎么有烟熏肉的味道，这个味道不好，有些焦了。”我说：“贵州烟熏肉、凯里酸汤鱼，都是名吃，我带不了酸汤鱼，烟熏肉肯定要带给你吃。”“没什么好吃的，不是柴火味的烟熏，我不吃。”她说。我发傻地站在门口，把她书包取下来，去给她做一个辣椒丝炒蛋。

始于五年前，我已不怎么应酬了。无谓的人，我已经不交往。无谓的事，我已经不做。爱一个人，在爱的时候，呵护好，不爱的时候，心里珍藏着。时间是珍贵的，精力是珍贵的。我们要爱的人太多，需要心疼的人太多，够忙乎了。我越来越不善于表达。我是一个没有憎恨的人，这是我对这个世界的理解，因为不值得憎恨，也没有能力去憎恨。

每一天，我最快乐的时光，是给自己的小孩开门，看见他们的笑脸。即使外出，我也会想着早日回家，给孩子烧饭，开门，看他们吃饭、洗脸、读书、入睡。午餐，我几乎不外出应酬，即使外出，我也会把饭烧好，我常常觉得，烧好女儿的饭，站在门口迎她进门，这个世界，比这件事重要的，真的不多。对孩子而言，踏入随时有人迎接的家门，是一件多么幸福的事。

门是美好的怀抱。

土　屋

远看土屋就像一粒空谷壳，幽暗、封闭。我看见了时间的颜色和内质，看见了生命的面容和境地。我经历了那样的景象，在葱郁馥丽的草坪，一只蜂箱存放在自身的孤独之中，底部长出青苔，木板黝黑吸饱了雨水，顶部遮了一层茅草，阳光暖人的春天，一群蜂忙乱地从小小的门窗中进进出出。编织的茅草早已枯黄。

这样的一只蜂箱，让草坪有了灵魂。我家的土屋，让我有了皈依。在一个呈胸怀之势的山坳，一座土屋面对一片平原，无疑是弱小的，微不足道的。阳光先慢慢地爬过一道纵横的山梁，泅过平原，最后照耀土屋里的人。

村里的庄稼总是慢一些时日成熟，稻子晚几天收割。

父亲在晨曦微露的时候，就去田野干活，他仿佛能听见田野的呼喊。扎着小辫子的长子豆，露出蓝头巾的芋头，靠在墙边还在打瞌睡的冬瓜。雾又湿又浓，门前的小路弯向视线消失的地方。

祖父建筑了一生的梦想，在这座土屋里终结。在父亲读书时，祖父要建一座宽大牢固的土屋，养一群孙儿子女缔造一个庞大的家族。腰粗的柱子，腕状的椽子，脚厚的楼板。只可惜，土屋的窗子只有锅那么大，容不下一双习惯远眺的眼睛。

那时，祖父半夜出发，到几十里外的高山上伐木，豆亮的星光照耀他一路前行。祖母磨豆养猪，“咿咿呀呀”。

这些年，我们几兄弟，一直想把土屋撤了，盖一栋楼房。父亲不同意。什么原因不怎么清楚。

也许他能理解，一座土屋的生命有多长。祖父祖母前后两年在这里仙逝。但土屋仍然没有要陈旧的意思。父亲日渐衰老，我们兄弟已经成人。在我孩童时，家人就训导我，要走出这间土屋，做一个城市人。

怎么说呢？我在纸张上搭建盛大的天空，建构诗意的光荣与梦想。与一座土屋并论，谁更伟大？然而我注定是要失败的，甚至我只是河流中的一颗砂粒，这是一种宿命。而土屋也终究会倒塌，像人在时光中耗尽最后一缕呼吸，无影无踪。

我曾经以走出那间土屋而自豪，而不需要像蜜蜂一样为一口蜜汁而忙碌一天。夏天稻田里的水能把泥鳅烫死，热浪在屋顶蒸腾。骄阳似火，我们在劳作。很多年以后，我理解了这劳作的意义。父亲除了吃饭和睡觉，都在田里度过。一栋楼房对于父亲，意味着什么？假如我，从没在土屋中生活过，是否也明白，活着就是为了能够保持劳作的状态。而父亲说，白天劳动累了，晚上睡得更香。

当天色渐浓，晚霞随炊烟飘散，父亲沿着田野小路匆匆归来，夜露打湿了他的额头，打湿了他蓝色的衣衫。也打湿了我感动的眼眶，土屋的灯已经亮起，窗口正在召唤。

河流的秘密

我的心中有一条河流。不知你有没有。

一条河流，生命有多长？为什么彻夜奔走？在村前，我想，一个破旧的村庄，从小到大，变化只是越来越浮肿，越来越衰老。房是泥瓦房，墙土由黄变黑，挂满蛛网。

晨曦初露，村庄像一团影子，浓墨、淡黑、阴沉，更像邻居杨四老汉的脸，沧桑、苦涩，没有一丝笑容。假如这个村庄，没有一条河流，与荒山野岭的坟冈有什么区别？

灵山北麓，一脉水流缓缓，日行夜奔，前方有它的前程，它的身上宛如负着崇高的使命。我的村前，有一片沙滩，杨柳依依，翠色涟涟。河流在这里暂时休息一下，待夕阳坠入远方的田野，飞鸟闪入深处的竹林，耕牛走进村道，河水推着河水走远。

我们所有的欢乐来自河流，所有的欢乐又被河流带走。

在村后，是一座山，在秋天，满山遍野的茶花被风播撒八方。我们常常站在山顶，眺望那条金光粼粼的河流，刚刚收割后的田野，显得更加空旷。河流在田野间安详地卧着，披着晚霞。

但我很少会去注意这条河流，夏季时的狂暴，冬季时的脆弱。我觉得它与我的生命没有多少关系。我砍柴、翻地、读书，站在门前的大樟树下，盼望妈妈在暮色四合时早些回家。妈妈身上的外衣，被芋头的汗染成了酱色，瘦削的脸显得疲惫。妈妈说“到河里洗几个芋头，焖饭吃”。

在河边，夜色完全降临，天空收走了最后一丝亮光。月亮还没有升起，但河泛着微光，潺潺的水声在耳边低语。为什么每天都吃芋头焖饭呢？这是一个奇怪的问题。当我把最后一颗芋头洗好，月亮已经倒扣在河中，像一块沉落水底的白玉。河水荡漾，虫鸣四起，一个美丽的夜晚不经意间让一个少年浮想联翩。

假如不是泥土，假如不是庞大，我一定会认为我的村庄是由一堆一堆的稻草垛组成的。那些房舍那么低矮，像佝偻的老人。三丈的土墙却比一个人的一生更高。

我常问自己：人活着有什么意义，比如这个穷苦的村庄，存在与不存在又有什么两样？不会因它而纷繁，也不会因它而寂寞。终其一生，邻居杨四只走破57双鞋，挑烂了91担粪箕，睡塌了一张床，活了73岁。他的儿子穿着他生前的破棉袄，把他一生挖的田再用一生去翻挖。

我带了一支笔离开村庄。在这些年间，我读了许多书，认识了许多人，显赫的、低微的。我用笔解剖人生。结果一无所获。

但我已知道生活的艰辛，人性的黑暗。

人性难道就不是座残垣断瓦的村庄？它只是被无穷尽的夜色所笼罩。

我曾在夜色深沉时，沿着村前的河流漫步。哗哗的流水声拨动着心弦。村里的人已经睡去，狗叫的那户人家生了个小孩。当我们渐渐领悟了生命，一些生活繁枝就会削去，简单的一枝在风中挺拔。春天的柳树，到了秋天就剩下光秃秃的枝丫。它靠最后几枝度过冬天，去迎接来年的四季风雨。

河流只为流淌。

当它流淌，就繁衍生息，无穷无尽。

田　　野

一滴夜色，把傍晚的天空染得暮意沉沉。最后的一声山雀鸣叫，被竹林里的暖巢收去，月亮还没有升起，田野在微弱的星光下寂寞着。

四周是黑山峦，怀抱一片田野。我常在那时，游泳回家，穿过秋割后的稻田，披一件薄衫，披着微凉的秋风。我听到了田野的呼吸，一种卸下粗活后短暂的顺畅。小小的稻茬眼含露水，与畦边的萝卜凝神相望，像邻居两个怀春的女孩儿，相互揣测心事。

那样的田野，赋予了生活的大美。为什么，一条饶北河终日揣着一把竖琴呢？曲调简单，但欢快，满腔的碧波荡漾，终年的热情款款，让田野充满无限的灵动。

在我的记忆中，那片田野总是满眼金黄。我喜欢在秋天回家。车子穿过茂盛的松林，重重稻浪在车子拐过山口的瞬间，向我奔来，像一群热情洋溢的孩子。方圆十余里的稻子灿烂地微笑。在稻田与稻田之间是黄衣青帽的田豆。金光闪闪的稻田与远方山村相接。金黄的稻，枯黄的竹，淡绿的松，墨绿的杉。秋日的斜照下，一幅四秀的画卷在我不经意间一一展开。在山与山的收拢处，是薄雾蒙蒙炊烟袅袅的村庄。

稻、竹、松、杉，一层层地向上推移。我想：我就是那被绚丽色彩迷乱了眼睛的蜻蜓，随时飞舞，随处停歇。大地之美，蕴含一股无限的吸引力，让翅膀失去了在高空的飞翔的能力。

但我曾经厌倦了这片田野。我埋怨自己为什么在田野之中降生，而不是城市的玻璃大楼？我每天看见爷爷在晨光初露时，拎着一只粪箕，揣一杆耙，去拾牛粪狗粪，倒进自家的田里；而父亲弓着腰，挑一担猪尿，往稻田深处一颠一簸，扁担不时怨屈似的颤叫几声。走在他们的后面，一定是悲哀的。当窗外的路上，不时有吆喝声传向远方，山雀一定去田野觅食了。我坐在院子里，晨曦朗朗，稻叶悬着一滴滴露水，稻香扑面，我开始了一天的日读夜写。田野在门前，是一望无际的翠绿，蛛丝网也变得透明，粘着湿湿的雾气，在稻叶与稻叶之间像一张小小的吊床。在不远处，是几栋星散的泥房，淡淡的炊烟最终在绿中消失。

一年四季，我只收割稻谷。手中握着锋利的镰刀，猫着腰，一镰一镰。枯黄的稻叶，也一镰一镰，割我的手，割出血，割出心中的恐惧。而父亲总是露出灿烂的笑容，把割好的稻子叠得整齐，一直叠到肩膀那么高。那种心情，有点儿像新娘，在婚床上叠被褥。

但那片田野，很快从我的生活中消失。我离开家乡那天，是初秋的凌晨，浑圆的月亮像少妇的乳房，闪耀母性的光辉。我在一梯一梯的田里上，一个人走。蛙声四溢，整个田野被银白的光笼罩，犹如裹着透明的壳，即使我轻轻一声呼吸，也能把壳震破。一路上，我被无声的音乐叩打双肩，被抚慰，被滋润。我发现，饶北河是田野的情人，卧在怀里，轻轻地哼着小曲，水中的明月随波流动，幸福与陶醉暗藏。

城市是没有月光的。至少我没有遇见过。十年啦，每次夜晚回到单位宿舍，路上总是黑漆漆的，路边的河漂浮着熏人的垃圾。我只有在纸上寻找月光，从书中把田野展开。在纸张上，我像一个骄傲的骑手，昼行夜驰，但到了那片田野，我必须跳下马鞍，漫步稻田，轻轻把父亲的门推开。

夕阳耀枫林

一生是否太短暂，而一天是否太漫长。我执着地把家乡一层层剥开，想寻找什么，只见一堵断墙，一座倒塌的院落，一群来来往往的人。

我总是在清晨搭一辆班车回家，沿途的山峦一道道的弯口。我惊悸四季的变化，仿佛转眼又是一年的秋天，山冈上的芦苇随风浮荡，枯黄的色泽铺向天际。我知道，转过最大的村庄，无边的田野向我涌来，左边的荒山埋着我的祖父祖母，尽头的山脚下就是我的家。

我热爱那个村庄，土屋矮矮的，盖着瓦，淤了一片枯死的青苔。低低的屋檐下站着数雨珠的儿童。一顶破旧的黑帽子，把土屋压得喘不过气。路边是牛屎，柴屑枝叶和杂草把路掩埋。

村名叫枫林，诗意葱茏，却没有一棵枫树，地头屋角耸立着泡桐、樟树、柿子树、橘树、柚子树，远远望去倒也一片青翠，炊烟在树间萦绕，隐隐约约间，低沉的人声在空中飘动。

我是不会干农活的，但喜欢无所事事地走来走去。后院空旷，呈三角形，两条斜边是土垒的矮墙。三棵橘子树已经长了好几年，但仍然匍伏在杂草丛生的墙角。我手抄一把柴刀，把橘树的粗枝砍掉，长枝剪短，削一个树杈支起橘桠。一棵橘树婷婷袅袅地站立了身姿。

我满意这样的劳动，一天很快就会过去。一棵曾经没有脊梁的橘树，多了几根拐仗，就能站立在大地之上。删繁就简，削掉沉重的部分，来年就变得伟岸。但谁也不知道，我轻而易举就改变了橘树的生长态势。

但父亲就不一样，花了半生的心血哺育我，一生的汗水哺育庄稼。他终年在田地里劳作。其实，他休息一天又会怎样？庄稼不会因此而停止生长。或许他一天不见庄稼，心里就会发慌，仿佛被什么堵住了呼吸。而这样的感觉，我只有初恋时才体验过。

屋角有两棵枣树，很老了，碗口粗，皮脱了又生，生了又脱，披一层湿润的苔藓。这是祖父年轻时栽的。祖父已经死了6年，死时87岁。枣树每年依然生得婆娑，晃眼的灿烂。树下埋着一段难忘的岁月。我依然记得，正午的宁静被一声突然的知了曲打得破碎，这时，麻雀从枝头俯冲滑入厅堂，寻觅地上的饭粒，惊恐和惶惑布满它的眼。

我则预先布置一个竹筛，用一支杈顶着，筛底下撒一些饭粒，麻线栓住杈，麻雀吃着吃着，就进了筛，一拉麻线，就罩住了麻雀。现在村里鲜见麻雀，偶尔飞过的一只，远远落在稻田里。在这个朴素、杂乱、平静的村庄，生命是静态的。一生一息，没什么能掀起波澜。祖父死在一个炎热的下午，阴暗的房间挤满了子子孙孙。他骨瘦如柴，眼睛沉重地关闭了外面的世界，面容慈祥。“你家里有福的，元灯伯过世了，是福分。”邻居说。仿佛我们的悲痛是多余的，他们在祭餐上吃大块肉，喝大碗酒。一个老人的去世，就是他们的节日。棺夫腰扎白巾，肩上搭一条长手巾，更是酩酊大醉。

祖父很内疚似的了此余生。当他不能动，人就失去了活的欢乐。他活着的唯一想法，就是早日死去。他仿佛忘记了自己缔造的家族，耕种的田地。祖父在走过的道路上，撇下我们。他说，人活一辈子都是自己骗自己，让自己日夜操劳得幸福。

死亡也是平静的。一样的死亡，一样的尘土。世上还会有什么值得惊悸呢？我每次走进枫林，就被一种寂静笼罩。身边走过的人，大多穿件青菜色布衫，背上被汗渍染白，脸色土黄、油滑透亮。他沉默地挑一担粪桶，一步一摇，往田里赶，我在前院摆条竹椅，迷迷糊糊地打瞌睡。我听见寂静的声音从内心涌出，经耳朵流溢。我听见橘子树嗞嗞嗞地长，木槿唰唰唰地绿。夕阳照在大樟树上，在微风中闪烁金光，远方的田野一片耀眼。

生命中有一种很重要的东西，被一天天地抽走，无声地抽走，还没来得及细细品味，秋天就翻过了门前的山冈。而今天的夕阳迟迟不肯下山，我很害怕。我怕看不见月亮升起。月亮把脸埋在蔚蓝的大海中，在巨大的寂静中，不让我看见它的光洁和明亮。

迷失与呈现

我们去另一个村庄，因迷路而误入一个后来才知道叫茅坦的地方。我们沿河流的源头方向走，在群山的指缝间感觉风，感受芦苇丛中轻缓的水响与鸟鸣，茅草在山冈上系一缕阳光，在坳处游弋，像一群蜻蜓。

转过一个樟树作屏障的山坳，几粒花生壳样的土屋隐隐约约呼出黏稠的炊烟。一个隐在树叶背后的村庄，因为狗叫与呼吸而彰显，像一个伏身稻田的熟悉的身影，低沉的干咳印证了夜色遮蔽的身份。进入村口，一座木桥架在一棵怀抱粗的栲树下。作为村庄的一部分，木桥横亘在眺望与祈盼之间。可以试想，父亲扛着大板斧，爬一个晌午的山道去云碧峰伐木，夜色中只有萤火虫提着灯笼忽闪忽闪，儿子站在桥头亮开嗓喊父亲。他知道父亲肩上的圆木又粗又沉，一碗饭的脚程就要打个撑子，歇息一袋烟，他为不能分担这份劳力而难过自责，甚至忘了秋风的阴寒，泪水搅动热热的眼眶，而母亲把冷了的饭菜温在锅里，河水无限漫长地流淌。

可能不是一个儿子，而是一个去年过门的媳妇，穿红底白花的短袄，头上扎着蓝青色的丝巾，端一碗饭站在桥头吃，咸肉炖干蕨罩在灶台，等待丈夫回家。丈夫可能是一个石匠，也可能是一个油漆匠，正月打开门就去城市里做工了，常常睡在工地里，又潮又冷。我们到达村庄已是午后。这是一个陌生的村庄，菜地边美人蕉燃烧着热烈的红花，人声沉寂，高大的樟树云盖一般，一片连一片。我看见一个空旷的院子，院墙上停着一只鸡，在破了口的泥盘上觅食，院角的枣树脱尽了叶子，挂着几根草绳。我觉得异样地亲切，仿佛村里有我的亲人，离家几年，我又回到了敞开的庭院。

父亲也是在这样一个院子里，晒满豆秸，手中甩动着藤条编的耙，一下一下，把豆壳里的黄豆打出来。藤条与竹鞭摩擦的声音，甚是悦耳，“咿——呀，咿——呀”，极有节奏，阳光斜斜地洒在墙上。我在外漂泊多年，突然推开院门，父亲轻轻“哦”了一声，头也没抬，继续甩动藤耙，没有一丝惊讶。我蹲下身，把父亲打净的豆秸整理在一边，一小捆一小捆地码在屋檐下。父亲狡黠的沉默在暗示，我无法走出内心的村庄。何谓故乡，它是环绕胸腔的一缕空气。

在我进入村庄时，一个老人在磨刀，腰扎一条蓝布围兜，头发微白，脸瘦硬俊朗。磨刀石有饭甑一般大，底部淤积了一层青苔，黝黑瓷亮。一把浑厚的大柴刀闪闪耀眼，因为岁月的打磨，刀口深深往背部圆了一个弧形。一个老人一生肯定磨掉了许多刀和斧，伐下山的木头一定能盖许多房子，而磨刀石可能只有一个，一生的时光仅仅磨去了刀石上浅浅的一层。

河流只有樟树的影子那样长，岸上爬满了牵牛花，叶子肥阔，花色淡紫。我惊悸于这样的村庄，神秘、贴心、纯粹，蜷缩在怀抱中。我是一个迷途的过客，注视与遐想都不着痕迹。谁又不是过客呢？！恒定的只有驿站，不是家，也不是故乡，比如茅坦村人，也只是茅坦的庄稼，一季一季地收割与更替。在树影的慢慢倾斜中，我在消失，村里的人在消失，村庄也最终消失，夕阳在河面上铺了一层彤红的云霞。

当我满身尘土回到枫林，父亲正砍柴归家。父亲赶着一头牛，挑着一担柴枝，一摇一晃，身子佝偻了许多。柴枝是干枯的，指粗，父亲用一根棕绳把这些腐朽的事物缚在一捆。而父亲的衰老仿佛只是我出游几天内发生的事情。

欢　乐　园

一块鲜活的草地，让我拥抱了春天，那是怎样的草啊，细长、圆润、洁净、透明得散出草绿色的光晕，叶子往两边舒展，曲线上流动柔和的韵律。当我把草含在唇上，乡间的音乐在旷远的田野上萦绕，泛起青色的涟漪。春天轻轻吹一口气，大地就穿起庆典上的盛装，桃树绽开乳头状的花骨朵，燕子在房梁上筑巢，我家的屋檐也挂起撩人的雨帘。

我热爱草浆哺育的美，赐予大地的宽厚与壮阔，为山冈描眉，为花朵添姿。先在画布上打一个鹅黄色的底，太阳是一个转轴，会喷出五颜六色的浆水，在画布上一天转动一次。

把油菜花染上金黄，在突兀的地方涂上墨绿，人影晃动的村庄扔下粒粒尘土，多余的浆水成了饶北河的碧波。在屋顶上粘上一层青苔，在脸上贴一层大地皲裂的皱纹，这是最后的补妆。

牛筋草也爬满了日静的屋顶，雨水也渗透她的身体。她是否在等待，靠在漆黑的窗前，和煦的太阳普照大地，也普照她。那是土垒的房子，靠在山坞边的一棵油茶树下，矮小，没有门，石灰很呛鼻。她的眼中只有无边无际的夜色，那么孤独，一个14岁的女孩子，还没有开始过恋爱，而春天的草浆继续哺育她。

生涩、微苦、生津，我喜欢嚼草。当我挖完一块菜地，把锄头横搁在畦边上，坐下憩息时，嘴里嚼着草，无所事事又若有所思地眺望山脚下的村庄。柿子树、樟树、香椿树，像一股股绿色的喷泉，淡淡的炊烟把星散的房屋扭结在一起，蒙蒙细雨氤氲，寂寥静虚，不可触摸，仿佛很遥远。一个人，临水而栖，先是一座茅棚，因为有了爱，尔后二座、三座，最后是一群，路上开始人声鼎沸，村庄由此诞生。而眼前只有土屋堆在那儿，好像一切不曾发生，又好像一切在沉默中进行。假如不是炊烟的提醒，我还以为那些土屋是一堆堆新鲜的牛粪。

一个葫芦形的水塘，隆起小溪的腹部，倒扣一角蓝天，柳枝垂挂下来，翠鸟吊在其中的一枝荡秋千。它抖擞一身翠绿的羽毛，甩动扁而长的嘴巴，把身影倾入水中，俯瞰水面的动静。当它飞远，秋天也就来啦，塘水干涸，黑黑的淤泥上扔满了橘色的小伞。那是死去的荷。鲫鱼的尸体，虾的躯壳，灰雀成群，把这里当作了天堂。日静就会提一个小木桶，挽上裤脚，到塘里捉泥鳅。她瘦小的手掌，深深插进泥里，往上翻，塘泥咕咕叫，泥鳅露出白肚子伸懒腰。夕阳的斜光照在树梢上，知了在唱歌，一天的光阴无意间占据了心灵，幸福更加恒久。

在一个盎然的春天，我经历了一生的春天。在枫林，时间是虚无的，村庄是迷离的，一张土墙色的脸就是全部。那是生命的投影与质地。然而，日静呈现了另一种姣容，娴静忧郁，脸如月亮般些微浮肿，因为疾病而拒绝了时间的催化。她喜欢在小巷里奔跑，穿一件肥厚的棉袄，像一簇花影在滚动，似乎在追赶疾速的风，又似乎在奔赴另一个走远的春天。

一片草地终将是家园。蛐蛐的卧房朝东，潮湿阴暗，在石头的缝隙里开了一扇小窗，却被铜钱草的叶子遮盖了，蚯蚓在屋后的庭院里挖水沟，日夜不息，而蝼蚁正忙着贮藏食物。每当夜色深沉，鹧鸪咕咕，咕咕，露水把月光打湿，像一个人坐草地上，寂寞地低唱。

纸上的故乡

一座叫枫林的村庄又一次在我纸上展开：朝霞微漾的饶北河在村前作了短暂的停留，恋恋不舍地去了远方，茶花遍野的灵山吹来秋天的郁香，两个橘子卿卿耳语，像一对小情侣，缱绻、羞涩，缠绵在一个枝丫上。

一只灰雀剪开薄雾，来到后院的枣树上，轻轻鸣叫。一棵苍老的枣树，根部裹满暗黄的苔鲜，蚂蚁则顺着枝，把熟烂的枣子搬回家。最后挂在树上的枣子，让蚂蚁在整个秋天有了劳作的意义。从树顶上升起的，是一缕炊烟，在微风中，炊烟仿佛要向高处飘升，又像要被风刮散。它是我的乡思，不熄灭，也不弯曲，只飘散，最后飘散在薄雾间，恍惚、迷离。

我忆起一个老头，个子偏矮，穿一件黑大褂，走路一晃一晃，光着头，挎一只扁篓，扛一把锄头，在灰雀的鸣叫声中，向菜地出发。当他走入溪口的拐角，稻花淹没了的身影在我眼中渐渐模糊，初升的太阳跳出山梁，把大地涂抹得流光溢彩。他就是我至爱的祖父，一生热爱酒和泥土，勤奋、善良、温和。

祖父的执着，秉性与血脉，因了饶北河的哺育。我常常跟在祖父的背后，屁股一颠一颠，走五里路的草径，没入一个山坳，在一片茶树林的怀抱中，在几块菜地上投入一天的时光。我热切地爱那片山野，脚踝高的青白菜还滚动着几滴露珠，萝卜则像扎着蓝头巾的乡间女孩儿，质朴、曼妙、芬芳。茶花白艳艳地坠入绿叶的簇拥，当花香挣脱白雾的紧裹，当蚯蚓钻出新翻挖的土垒，山野就要飘浮劳作的人声。祖父把锄头高举过头顶，倾尽臂力地挖下来，光亮的两齿钳咬进泥里，我感到大地有轻轻的震动。偶尔他也轻轻地用锄头磕碰拳状的土块，匀和地平整，铲去的杂草用泥块深埋，我知道，他在劳作中获得休息。他劳作的姿势是那么优美、柔和而强劲，让我想起梭罗《瓦尔登湖》中的伐木者。

其实，祖父一年要挖多少遍地，我不清楚，况且一生。他每天都在那块地里，猪屎、狗屎、牛粪，渗入每一粒泥丸，以至我远远地就能闻到惺忪陈腐的气息。他仿佛不是在种菜，而是在种自己一生的时光，菜不过是他时光的一种体现，一种对生活充满热血的表现。土地越来越肥沃，而人却日益衰老。而我的一生只在纸上度过，墨水中耗尽韶华，命运是何等相似。

饶北河把无垠的旷野分成了两岸，翠绿葳蕤的是杨柳，粉眉欲坠的是桃花。我遇见过那样的景象，饶北河沉默、内敛，风滑过它光洁的脸也没有留下痕迹，只有山在漂移，天空在飞翔，一群惊飞的白鹭掠过额际，斜斜地，在另一片倒影中消失。饶北河在内心深处汹涌，夜幕降临，星星若隐若现，祖父还在回家的路上，激荡的水声旋律一样萦绕在掌灯的窗前。它仿佛要流进村庄的梦中，向我们诉说一条河流的记忆，它那么鲜活，因为流动而保持几千年而不衰的生命，又那么多情，终年与一个村庄相依。而收割后的田野显得更加空旷，把饶北河紧紧地揽在怀中，相亲相爱。

在没有乡音的城市里，我沿薄薄的纸张返回故乡。那是香椿树，从不开花；溪边茂密的是水芹，母亲正弯下腰去采；山冈上还有一座坟墓，那是祖父的另一个家。当我抱着七个月的小女骢骢站在窗前，向远方眺望时，只有星光闪耀。骢骢的眼睛乌亮、澄澈，哦，那是饶北河的碧波在荡漾。

我在构建一个故乡，温暖、安泰、祈福。

歌　　声

豌豆穿一身青蓝暗花粗布，脸颊羽状，头戴花冠，以一枝枝丝蔓卷曲地把一丛丛白花绾在眉梢。美与爱最终成为死亡的宿命。它恩怨相缠的情人，美称“豌豆象”，皮肤黝黑，满腮裹满绒毛，脚上套一双半红半黄的高靴，庄严高贵，羽衣上的斜纹由椭圆形的斑点组成，俨然是个乡村骑士。初夏的田埂上，它们无忧无虑地唱歌，手挥绿手帕。当月亮觊觎幽深，山冈投下班驳的身影，它们则紧紧搂抱在一起卿卿耳语，在露水中接吻。

那是对生的歌颂和死亡的赞美，凄美无声。情人汲干它的汁液，一个干枯而死，一个舞蹈而亡，爱与美慢慢幻化为田野的幽香。

在无边无际的生命里，因有歌声的指引，枫林是我随时可以投奔的怀抱。夕阳坠入山梁，霞光满天，秋风微寒，山坡的茶花灿烂一片。一个破败的村庄是那么迷眼扑朔。饶北河洗去我浑身的尘垢，潮湿的暮色让我的内心获得安宁。

我习惯受伤无依时回到那个窗下，做一次逗留。窗又暗而小，木质的窗门欲掩未掩，一只蜘蛛正在编一张网，我坐在窗前，把一个寂静的夜阅读到深处。烛火也发黑，豆亮的光却久久不会熄灭。一阵阵的青蛙声此起彼伏，像蜷缩的大海，层层细浪向我翻卷而来。一弯弦月脸戴银具，守候在浩淼的天宇中，神秘而高远。

我可否凭一盏灯，成为另一座山峰？与时光对峙，而不是虚无的一部分。我轻轻推开窗门，想把苍穹眺望得更深更远，却在蟋蟀的叫声中溶化了。

长条形的村庄，是遗弃在大地的一只布鞋，浑身灰尘，沾满牛屎，布面溃烂，露出黄土墙一样的破棉丝。又像陈年的码头，破旧的淘沙船是房屋，粗粗的棕绳是巷道，沉重的铁碇是山冈，不知出发的方向，炊烟作为船歌的一种表达方式，向上弯曲，因为旷远而无声无息。

面对一座村庄，人的苦难不可能比一间断墙更深沉。墙上堆叠厚厚的爬山虎，梗小微红，叶片比铜钱略小，肥厚，有一层绒毛。那是一座倒塌的房子留下的最后印证。我常在晌午时分，站在断墙上，向田野纵深处眺望。父亲低着头，沉闷地劳作。天空浮荡一团团的白云，像一群兜着白纱的少女，土腥味和稻香在空气中弥漫，咸咸的，盐花一样的，则是父亲的汗水。

我瞬间理解了劳作的含义。父亲披一身浓雾，露水打湿了他的头发，一担尿桶在肩上越压越沉，作为一副担子，不可能越挑越轻。田野，父亲是其中的一部分，秋霜必然吹上双鬓。干旱季节，稻田裂开缝口，父亲守在田头，戴一顶箬笠，镇定的眼神掩饰着内心的惊慌，一股股水流，游丝般，向田里爬，稻子嗞嗞地吃水，直至月已中天，倒扣在村庄，父亲才扛一把锄头回家。稻田的裂缝就像大地的伤口，不可能轻易愈合，只是被浅浅的水抚慰、掩藏。

浪漫与悲情，最终都归入田野的沉寂。人声和牛粪的清香在村庄里悬浮，泡桐树脱尽了叶子，桑葚沉默地耸立在溪口的坟地上。麻雀躲进檐下的小巢，饶北河把夕阳送远，留下一河的霞光照耀村庄。父亲的肩上，左边是山冈，埋着祖父祖母；右边是房屋，那里容纳了一个家，也容纳了所有的夜晚。

有一盏灯陪着我睡觉，安静祥和，我梦见一畦的豌豆花甜美地唱歌。

深　埋

多少雪花才能掩埋一粒尘土？一夜的雪，能否把村庄隐藏？一个黑夜，只是一滴墨水的汪洋。一群精灵戴着六角形的白帽子，寻找归处。我想起祖母，没等到一场大雪融化，就已死了。有时，一个人的生命还没有雪花永久。

而我是那样热爱枫林的冬天，大雪像驰骋的马群汹涌而来，扬起遮天蔽日的灰尘。冬天是一个结局，是季节的最后驿站，抵达者与出发者不期而遇。门前的田野也是一片雪光，而山梁披一件纯银的大氅，侧卧安睡，大地如此安谧，炊烟也只不过是屋顶的一个深呼吸。因为神示的应召，小草瑟瑟颤抖，以至把雪花蹭得唏唏作响，时光的歌唱一样式微、柔曼、旷远。

我不能拒绝冬天的莅临，如同一个人不能拒绝衰老，既是轮回也是催生。我想起祖母躺在床上，浑浊的泪光在眼角凝结。她的身上已经没有什么暖意，但又不能感知寒冷，那些泪水不是因为对命运的悲伤和绝望，而是无法控制对春天的祈盼，巨大的寒冷在祖母内心扩散、扩散……

连绵的大雪让村里的人有了彼此倾吐心扉的机会。他们常常站在巷子的拐角，点一支烟，手抄进袖筒里，灰暗、神秘，时光短促而漫长，谈论四季的庄稼一样谈论生老病死。更多时候，手捏一本黄皮笔记本，去邻家清清账。纸张黄中发黑，毛边翻卷、微烂，沾满油污，里边记着一年的生计与收成，往来与收支。其实，一年也用不了几页纸，等笔记本记满了，人也就老了。

而我挑一担竹箕，跟祖父去田里挖萝卜，雪在脚下沙沙作响。爬过拱形的石桥，穿过一片从高到低的田畴，就到了菜地。银白的田野，田园荒芜了似的，没有杂色。把雪扒开，萝卜露出一头翠绿。祖父脱下棉袄，把雪往畦边铲开，堆成一道道梗。

萝卜丰腴、动人，扔进水里像少妇穿蓝裙子游泳。溪边还有淡淡的白雾游弋，母亲轻轻挽起衣袖，清洗萝卜。水在母亲的手指间回流，形成小小的漩涡，游丝般的水声跳荡，剔透的细珠飞舞。母亲身穿一件青色短袄，蹲在水边的身形被水涡一圈圈地荡漾散开，晃动、虚拟。

我不知道一个人能经历多少场大雪，而祖母的最后一场大雪那么恒久，让村庄的整个冬天都蒙上了一层悒郁的色彩。或许，祖母带走的不是大雪的回忆，也不是深夜巷子里的脚步声，而是多少年前的一个冬天，在后院的空地上，晒着暖暖的冬阳，在纺车前织布，一丝一丝，一梭一梭，牙齿锋利地把绳头咬断，密密的纱丝把阳光编织出花纹。当她倾了倾身子，抬起头，感到气喘时，大雪落了她一头。枫林的冬天，是时光堆积的地方，收尽大地的色泽，只把雪的纯白铺开。葱茏的山林，无边的草浪，无法让人阅读。时光就更加显得虚无。而欢乐的一天充满饭香和酒味。

冬天就这样散漫、飘渺。连绵的阴天最终结束，雪也消融，坦露出白菜、萝卜、没有拔根的茄子、青葱的麦苗。

雪成为一种假象，大地是一只巨大的胃，把一切消化得无影无踪。

诞　　生

一个人必是祖先的使者，一座村庄必是时间的遗迹。

可以触摸的脸，土黄色，灰尘遮蔽，枯树般粗砺韧硬。我知道，这样的脸就是一条千百年的路，荒蛮、孤直。祖先从石洞或一座孤棚，沿饶北河边出发，月光浑圆澄碧，大野寂寂，河流无翅地飞翔，从远古，一直走到我们身上。

如何追溯一条坚忍的河流，容乃与曲折？鲜活的生命的源头在一汪泉眼，还是在一丛芦苇草？饶北河的形成和诞生，像谜一样耗费我茫然的青春和热情。

一个不懂剖析生命的人，是无法理解一条河流的壮阔浩渺与孱弱喘息。我曾经徒步考察饶北河。无数的支流，支流的支流分散在大地，蛰伏在人烟晃动的山坳，悬挂在万丈断崖，像细密的血管遍布全身。

捆一把柴刀，我选择了一条较宽阔的支流，逆流而上。河流翻山越岭，绕在山坳与山坳之间，我已经走了两天的路程，沿途的风景也展开四季的色彩。眉黛色的群山从深处合围，枯黄的芦苇漫山遍野，在高处耸翠的是松树。灌木分布在两岸，肥绿厚实。在河水流尽处，一山一山的竹林迎面而来。云雾裹得山间几许朦胧，如同虚设。山只剩下一半，偶尔山巅上露出一棵树的影子，已经变得神秘，像在云中漂游的神，谦和、隐秘，知晓大地发生的一切，而缄默不语。

河流在我双脚的夹缝中，越走越细。但并不枯竭。村庄也从庞大到窄小，从稠密到疏散。我还经过了这样的村庄，房子垒一半墙，另一半依地形楔进石壁，房门虚掩。一梯一梯镰刀状的稻田里也没有人，几条年老的狗在摇来晃去，几串红红的辣椒干挂在房檐，蒸熟的南瓜片番薯丝晒在院墙的笸箩上。我想留宿一夜，放下行李坐在一棵樟树下等外出的人回家。夕阳晒在坡上，绒毛一样游弋，有些不着边际，村里的人不约而同地从不同的路上回家。他们仿佛不是在外劳作，而是躺在地里休息，从大地深处醒来，才发现该回家啦，脸阴冷，凄凄地锁一双空洞的眼，也仿佛在梦游。一弯弯的坳，一丛丛的林，转转就迷失啦。

溪涧把我带往高处，把山峦降到自身的低处。在灌木丛中寻找汇流之处，厚厚的青苔和堆积的落叶在脚下汩汩地冒水，在山巅的一片草地上消失。一位诗人朋友说，那是一些曾经躺下的水，站得很高很累，就躺下了，在找一条回家的路。

我的寻源之旅注定是失败的，倒不是因为饶北河的流域宽广，而是支流星罗棋布，像树叶上的茎脉。但最汹涌的两支，在村前汇流成饶北河，村庄的左边一支蜿蜒曲折，右边一支缱绻舒展。河流像一双缠绵的手，紧紧搂抱着村庄，抚慰、欢畅。

村庄是应饶北河的呼应而生的。原始的枫林也必是荒芜一片，树林戴翠，平原布满无际的杂草，远古时期逃难的人和逃凶的人从天南地北陆陆续续地迁徙而来，落地生根。枫林也因此驳杂，一户一种口音，一家一种风俗，而饶北河将这一切梳洗、整理、汇集，形成另一条民间文化的河流。一个村庄的缘起，与河流的形成有了异曲同工之处。

一个在村庄里劳作的人，他自身隐藏的秘语是浩瀚的。在地里种菜，在田里耕耘，他活在不为所知的路上，黑暗旷芜。劳作只是一种形式，他崇高的一生，是送走死者，迎接出生的人，作为一个信息传递者，在大地上繁忙地生儿育女。

像柔弱的内脏

在丛林的疏影间忽隐忽现，饶北河把绵绵群山切开一条水印的路，把村庄扔在大地上，把尘埃留给盲目的人群。

怎样才能说出秋天的奥秘？素净、简练、枯瘦、广博。犹如一架在院子里闲置的风车，一半呈现给天空，另一半埋在自身的阴影里，躯体内蕴藏猛烈的风，准备随时从空旷的内心出发，但又始终坚守沉默。更像天井中的水缸，具备了浑圆结实的形体，古老瓷亮。箩筐一样的水缸，内底油青的苔藓是时光的容颜，一尾鲤鱼悠然游动，因为拒绝了长大也就拒绝了衰老，甚至拒绝一条河流的聆听与呼应，游动的寂寞缘于回到生命本身，在时光中永恒地停留。而我知道，水缸是一只不曾闭合的眼，深深地陷在漫长的怅望与孤独中，盈满眶冰凉的泪水。

两岸芦花瑟瑟，雀雁惊飞，在村前，当饶北河与秋天相遇，我愿意说，那是又一年的重逢，而不是再一次别离，虽然它来不及敞开怀抱，就匆匆投入到另一陌生之旅。此时，有雁雀的歌声起自江北江南，钓者把酒米撒向江畔，一片帆影渐行渐远，父亲从菜地退回暮色的窗前。

雁雀从野艾地惊飞，低低的，呈扇形掠向对岸的槐树林。槐树光秃秃，茂密的枝举起，要抓紧天空的虚无部分，而根抓紧细软的沙地。做一个这样的人，是我所向往的——向有知的地方埋藏，向无知的地方生长，无语的鸟巢只是飞翔的留宿。

枫林，有许多人赶在秋天的路上死去。泥土日渐阴凉、干燥，蛇守着窟窿酣睡。多么适合死亡，暖阳让身子与泥土的体温融为一体，让长梦作为永久的旅行。埋土的铲知道，白天越来越短，黑夜越走越长，一个人终其一生，也翻越不了坟墓高的山冈，在天空中占据闪光的位置。而有一个怀孕的村妇迎面走来，带来消息，头扎碎枣花的布巾，大红的短袄像一团火焰。她是秋天的谜语和答案，用漆黑的手，把白天紧捂在胸前。她有一对至亲的儿女，一个叫光明，一个叫黑暗，让生与死彼此相爱，让灵与肉扭结。

大地的裂缝被饶北河柔软地缝合，白云的绸缎，光影的扶疏，绣上野刺梨金黄的果实，矢车菊的花朵。饶北河是乡间秀美的情人，波浪般的长发插满青秸和歌谣，眉黛之间霞光流转。我的初始也曾从河畔升起，随萤火虫寻找一缕熟稔的呼吸。唉！一切都不去回忆，悲与伤，哀与愁，都是大地上细小的事情，与草的荣与枯有什么区别，让河水连绵不断地诉说。

水与水轻轻地摩擦，有了细语与呢喃；饶北河与一个人邂逅，他的内心有了波涛。

秋天的饶北河是一支遗失在大地上的唢呐，呜呜的水声，痛哭一样的水声，渗透进鸟的气囊和雨的肺部。祖父死在源头，父亲还在路上，我已经在远方，但最终被呜咽的唢呐收容。一个人内心的波涛，从不被窥视，在血脉里日夜翻腾，他的初始与终结，一并交还给滔滔水流。

让死亡早日腐朽，让生长尽快抽穗开花。绵长的秋天，枯黄的草迟迟不肯扬起清丽的脸，野艾满地，黑色的籽被风播撒。在一个失聪者的眺望中，饶北河是一个失语者，步履轻盈而凝重，巨大的沉默来自旷野，他感受到江风的吹拂，看见鱼群掀起浪花。

失语者只听到失聪者“噢……噢”的沉吟，而不能说出秋天的奥秘。

我还是喜爱秋天的饶北河，怀病的样子，多愁而不怨尤，痛苦而不哀伤。像我柔弱的内脏，潜伏在生命深处，紧紧跟随我，在河流通达的地方，我也通达。

山　　冈

雾又湿又浓，鸟儿在滑翔，我暂时收拢假想的翅膀，在凸凹的山道上做一个漫步者。转过山坳，溪水的飞瀑声豁然打开秋天的窗口，让我投入一片高阔与幽深之中。

我愿意到那山冈上去，成为蓝天的近邻，把云丝兜在胸前，放眼田野，在乌黑黑的乱杂的屋顶中，寻找一缕熟悉的炊烟。我愿意到那山冈上去，枫树举起擎天的火焰，空气在嗞嗞地燃烧，肩上掠过的大鸟让我误以为是一只丢失的风筝，饶北河在金光闪烁中做了停留。

山冈，秋风出发的地方，呜呜的声响是茅草在大地上蹭痒，岁月沉沉的流逝只在指尖上轻轻飘游。我知道，它是大地高昂的头颅，是奔驰途中休憩的马，是村里人丈量天空高度的一个坐标。我常常腰扎一根棕绳，匣中暗藏一把柴刀，窄窄的山道搭在肩上，深入山冈的腹地。鸫鸟作为迎候我的使者，早在山坳盘旋，嘴细长而扁，像一支唢呐，吹开秋天金黄色的乡间音乐。

野柿树挂起彤红的灯笼，饱满、明亮、纯净，裹紧了岁月的琼浆与芬芳。我在凝神观看的瞬间，一只草枯色的野兔闪入草丛，隐居于茅棚。一棵野柿树，像我前村的阿兰，面色酡红，眼神内敛而放纵，把石板路走得踏踏响。那是我热爱生命依恋乡村的初衷，我曾经多么渴望在她的山冈上，种满桃花，筑一间黄泥屋，修一个朝南的鱼塘，在水面架起一座木桥，夕阳下，她站在木桥上等待我砍柴回家。

从我门前眺望，一座山冈还没有我家的大樟树高，它卧在秋阳下，有点儿倦怠，它身上的皮毛一块深黄一块墨绿，卷曲的肢体仍然隆起一团团的肌肉，抛物状的曲线充满了力与美。这与我家的耕牛多么相似。我祖父左手捏一杆竹梢，右手抚一架犁，在一块田里打转，泥沿铧沟一片片倒下来，蝇虻四处乱飞，牛的嘴上挂满黏稠的液沫。田就像一张口，慢慢吞，把牛吞进胃里，太阳就快落下屋顶了。翻耕的泥浆开始有青蛙跳来跳去，腥味的气息让祖父浑身顺畅。把牛赶到樟树下的水沟里，打几个滚，山冈已经被夜色笼罩。

澄明的天空盛满大海的蔚蓝，我听到了山冈寂静的呼吸，犹如耳畔的絮语和窗前蛐蛐的歌唱。月亮宛如山冈的银冠，熠熠生辉，夤夜的村庄偶尔掀起几声狗吠，甘蔗叶上正在凝聚一滴滴的露水。一座山冈，神秘、缄默，让人敬畏。

一个简单的秋天，我就是一个征服者，当我站在山冈上，胸腔里有空气在自由流动，云朵在舒卷。大地的果盘里，收尽物美。山楂树矮矮的，叶子脱落，楂子却红得透烂；野葡萄开始发黑，手轻轻一碰，滚落掌心。山冈下，依水环绕的是村庄，田野一片金黄，饶北河只是一枝铅笔划过的线痕。祖父从没走出过这个村庄，一双存在了87年的大脚一直陷于淤泥之中。我热爱那片田野，坦诚、肥沃。

山冈上的风更冷一些，吹动芦苇的时候有一群麻雀惊飞，而其中的一只又会飞回，停在晃动的一枝，摇曳，……摇曳，那么典雅，像在绳索上表演的舞蹈家。这样的时候，我喜欢大喊几声，啊……啊……！滚落山谷的声音慢慢溅起回声，而内心的风更猛烈了似的，把我吹得透明、旷远。

在城市的高楼里，述说一座记忆中的山冈是艰难和危险的。一座山冈，让我看到了高处的灵魂和低洼里的村庄。我常常站在山冈上，不知哪一条回家的路更近，凭一豆星光领引方向。

是什么使我不由自主地仰望星辰

一根野青草饱吸多少雨水才能灌满奶浆，一朵荞麦花短暂的一生要经历多少风吹雨打，一个枫林人俯身一块稻田要多少次弯腰才佝偻。

蔓茅匍匐在原野，芬芳向天涯，它终究要从厚重的白霜中抬起头，一朵一朵地缀连，漫无边际，仿佛在幽碧天空中闪闪发光的星辰。它倔强地吐露瑟瑟的大美，与瓦房壁上的油灯，屋檐下悬挂的灰暗灯笼，后院里母亲喂鸡的背景，形成一道图案。蔓茅粉黄的花朵静默中的发育是雨水的恩情，它滋长的声音如同饶北河上漫过白冠雀优美的歌。苍凉的秋天，这就是大地的心跳和呼吸，也是我眼里久久不愿滚落的泪水。

我说的白霜，不是从母亲清晨洗脸的瞬间降落的白霜。它紧紧跟随一个未归的夜行人的脚印，匆匆的脚步悄无声息。夜行人先感觉到寒冷，额头沉重，单薄的秋衫潮湿，最后发现，夜色也是白茫茫的一片，是自己命运底色的那种惨白。我说的白霜，有一对翅膀，停在翠绿的菜叶上、乌黑的瓦帽上、坟头的纸幡上、腐烂的稻草上，在夜里集聚，向四野扩散。它的停泊是另一种飞翔——消失得那么快，还没来得及对秋天说爱，就已成为晨晖中斑斓光晕的一部分。假如说我尚年轻，我的双鬓尚未留下它飞翔的痕迹，那么我见证了生命的轻盈与从容。秋天所赐予的必将被秋天所掳走。

我也曾戴着斗篷，觅一路霜迹扑向枫林。我愿意做她的近邻和儿子，火炉上温热的奶壶和秧田上闪动的蓑衣，是我挚爱的至亲。饶北河盘踞在胸中，阳光汹涌。我忆起多年前的某日下午，醉酒的杨六坐在一个破败的院子里哭。他瘦削的脸像干瘪的泥土，半黑半白的头发夹杂了一些稻叶屑，坐在长板凳上，一边哭一边用手捶擂双腿。但没有泪水，声音嘶哑。做喜事的东家李阿水说，杨六一喝就讨醉，一醉就哭。死吃的杨六。杨六的哭是叙事的，说某年某事，某事某年，无非是少年丧父生活艰辛之类的。但杨六的叙事是悲怆的，吐字不清，很浑浊，给人一种寒凉苍茫的感觉。向晚的庭院，霞光满天。杨六哭完了，就站在断墙上唱歌。我记得那首歌：

灵山是我早逝父亲的额头，
我们在耕种，我们在生育，我们在死亡。
我要爱女人一样爱稻谷，
我要爱双亲一样爱烈酒。
茫茫大地，
我为什么要仰望星辰。
苍穹之上是什么，
苍穹之下是什么。
冰凉的额头，太阳普照，

让我疼爱，让我痛哭。

那一刻，我泪如泉涌。杨六撕开襟衣，手舞足蹈，袒露出胸膛。他的歌唱就是一种长啸。

杨六是一个怪人，六十开外的时候，就为自己垒好了坟。他说，一辈子把力气用在田地里，就像嘴巴消耗在吃饭上，一生的力气我已提前用完，我要留下一撮力去建另一个家。垒好坟，他再也不在家里过夜，吃过晚饭就赶到坟穴里睡。他说，坟穴清静，像舒适的子宫。一块地就是一种宿命。他睡不着的时候，就坐在坟头仰望星辰。

他仰望的星辰与我仰望的有着相同的神秘和高远。无穷无尽的湛蓝的天空，像沉睡中的大海。我不知道，从万米高空俯视枫林会是怎样的，可能不会比一粒米更大。何况人呢？衰老也是短暂的一瞬。家在何处？枫林又在哪里呢？大地上的事情也是亘古的秘密和箴言。

是什么使我不由自主地仰望星辰。而父亲只有仰望星辰的时候，佝偻的身子才会伸直。同样的月光照耀我们惘然的面孔。

葵花的正午

不要以为死寂的旷野没有灵魂。初秋的正午，村庄抱紧破旧的身子在安睡。它的内心深处却不断传出咳嗽声，“咳——咳——”，空洞乏力，有着对生活怨愤的无望，也像重病缠绕在身。咳嗽声时而激烈时而散淡，那么熟悉，是否长眠大地的祖父又一次降临院门？

村里人从来不在正午时分劳作。地翻挖了还来不及平整，下了种还没铺一层土粪，送葬的人落了棺顾不上堆坟，就扔下农具，匆匆往家里赶。他们从大地深处缓过身子，那样的不约而同，是否听从了什么召唤？还是源于对正午的恐惧？繁忙的大地瞬间陷入一片死寂。盛热的空气里，有草虫干死的爆裂声，高粱色的蜻蜓贴着嘶嘶的虫鸣飞翔。阳光斑驳迷幻，瓦蓝的天空上升到我仰望的高度。远山肃穆，它凝聚的光与色，在释放与渲染中，使正午呈现得多么蔚然壮观。

旷野在死寂中获得一种庄严与崇高。我有过那样的经历——瞭望大地却伫立不前，凝望天空却耽于一条河流。那天我跟在祖父身后，沿河岸回家，跟着就在茂密的葵花地里迷失了。天空呈一只鞋子形，与洲上的平原是相互印证的。天空一片金黄，大朵大朵的云絮也是金黄的，假如天空是一只长满青苔的甲壳动物，而我看见的则是它暧昧的腹部。我从没看见过如此灿烂的金黄，仿佛整个大地在干裂地燃烧。当我纵目四野，只有一片葵花在风中翻滚。我的心澄明如镜，有一种洗礼后的神秘感。我发现旷野并不辽阔，天空也不宽广，以至一片葵花把所有的景象遮蔽。饶北河也是金黄的，把天空日复一日地漂洗，像一道初始愈合的伤口。而晕眩伴随恐惧的水流，在我身躯里汹涌，水位慢慢上升，淹没沸热的心脏，再到喉部，直至两眼发黑——强烈的光芒所产生的黑暗，令人窒息，我感到整个天空厚重地向下倾斜，五脏欲裂。

此后的事是可以预料的，我生了一场大病，整天坐在门槛上打磕睡。而祖父也在那燥热的秋天死去，他的呼吸与温度被秋风一一收尽。

其实，葵花地与稻草垛一样，是枫林最柔软最温暖的部位，假如饶北河是村庄的脐带，那么它们就是村庄的童谣与摇篮。是童年的开篇，也是青春的启示录。是记忆的显影，也是长梦的驿站。它们是耸立在内心的两座山峰。

然而，我在葵花地里见证了惨烈的爱的殉道。在我十七岁那年初秋的某日正午，我们一家人正忙活着把刚收割的稻谷运送回家，我母亲突然说“清英怎么不见了呢”，清英是我二姐，她没有热恋中人的快乐，更多的是愁苦与沉郁。我们并没在意母亲的话，但母亲惊恐慌乱的语气让我们笼罩在不祥和不安的气氛之中。大家扔下手中的活，四处寻找二姐。

二姐没读什么书，柔弱、内向、偏执，父母没有给她更多的关爱。她需要的是慰藉。孤独和对绝望的爱的执着，成了她的宿命。

在葵花地里，找到了我二姐。她躺在地里，脸色淤黑，口淌白沫。她穿一件白花红绸的短袄，头发梳洗得干干净净，她的脸有些扭曲，但仍悬着一丝笑容。风声在这里汇流，彰显更广大的静穆和悲伤，葵花叶哗哗哗地响动，浓重的透明的阴影打在二姐身上。尽管后来二姐活了下来，但葵花地成了我们心中永远的痛。

后来二姐说，那天割稻子，听到一个人在很远的河岸叫她，说葵花地金黄金黄，一直通到天上。她就去了。我想：她心中沉睡的东西已经醒来，让她感受生的卑微与死的庄严。

而庄严是不可以接近的，只能敬畏，只有死亡才能渐渐融入。与旷野的寂静一样，只有默祈的灵魂，才能听到弦响般的风声和雁声。

灵山以北

退守的田园。荒芜的田园。三尺的黄土既是墓茔又是屋檐。一个叫枫林的村庄在小小的冲积平原上盛开，宛如一朵荷花，灵山是巍峨的花冠。

又一年的秋风，把矢车菊吹黄，把野麻飘动的蓝头巾吹白，把水的波纹吹到脸上，我顶着扑打脸的尘土，从远方浪迹归来。我怀着积郁和疾病，向饶北河的出生之地投奔。那里有芦苇编织的晚霞，黛色的槐树遮映。我推开一扇杉木制的院门，喊祖母，只有一群惊飞的麻雀扑扇着灰褐的翅膀，从屋顶飞向后山的竹林。其实，我应该知道，祖母已经死去多年。

灵山以北，白雾从饶北河向两岸漫散，萦绕禽畜鼎沸的村庄。在泥土通往粮食的道路上，全村的人都在繁忙地往返、奔波。一束稻穗，就像窠巢，有了家的含义，朴素、温暖、结实、安泰。是我们的留宿，是我们的呼吸。邻居杨六说，一粒米把血与肉粘连在躯干上，把恩情和道义衍生为村庄。他说这句话时，还没婚娶，穿一件靛青的秋衫，在后山开垦一片荒地。而今，他整天靠在东村樟树底下的草垛晒太阳。他的四个儿子在城市里打工，和所有的年轻人一样抛弃了田园。草垛耸立着，有土屋一般高。杨六总是抱怨说，现在的米怎么不养人呢？！暮秋的一场大雪，杨六死在早年开垦的地里，手里攥着一把米。他家空无一人，只有一条老狗蜷缩在门口，老鼠在谷仓里啃食。

这是近年的景象。村里的年轻人卷起破棉絮，挑着各色物什，涌向城里。他们把迷茫和困惑暂时压在心底，迅速在工棚、车间、立交桥底下的草坪，获得一种兴奋。他们已经知道，稻谷不单含有营养，还含有化肥、农药、劳力时光、特产税、水利费、村干部的餐费。村庄只留下了一群老人和一群孩子，失却了活力和朝气。山上的茅草疯长，田里开出惨白的野花。村庄显得虚空和恍惚。繁忙的道路上突然清静了下来，牛粪上的脚印蒙了一层粉白的细尘，挑担人的喘息声渐行渐远，没入一片暮色迷离。他们的追寻和逃离，成为一种隐痛。

在灵山以南的一个城市里，我忙于揣摩心事，忙于泡茶楼打牌，一身疲惫，彻夜不归。我常常打开北窗，眺望星光下的灵山。它的高峻和雄伟，让我想起一群奔驰的野马。灵山下的油灯和鸡鸣，素净的饶北河与壮阔的秋风，就是我的枝头。当我浑身长满城市病，再一次出现在枫林，是多么不合时宜。没有人能理解我的无奈和孤单。我成为生活在这个错位世界的一种暗示，成为一种隐喻。怀着的病痛永远是内心的暗伤。

母亲坐在后院的枣树下，披一身细碎的阳光，为我刚出生的侄儿缝制冬衣。她的头上有一层白霜尚未融化，紫蓝色的夹袄给人一种慈祥的感觉。枣树早已脱尽了叶子，露出瘦削钢硬的筋骨。一望无际的田野作为背景，呈现出沧桑、温暖的色调。母亲漫不经心地缝衣，也像漫不经心地等待我的归来。每年的秋天，就是我的归期。枯黄色的草，孱弱的饶北河，蹲在断墙上晒太阳的老人，从童年开始就构筑了我内心荒凉淡漠的气质。我热爱枫林秋天衰老的样子。我在这里诞生，也必将在这里终结。

灵山以北，金灿灿的百合花作为秋天的长笛，吹遍大野，笛声是那么地爽朗、嘹亮和芬芳。它的腰肢是柔软的，迎风摇曳，长袖曼舞。我知道秋风是怎样形成的，当一个远方浪迹归来的人，遇见一群百合花提着长长的裙摆，在大地上不停地旋转，金黄得耀眼，修长的身姿舞出强烈的气流，猛烈地滚过大地，也猛烈地滚过他内心的颤抖……而枫林，是我难以言说的寓言。

一条没有归宿的河流

我是否可以放弃生活，追随一条河流，在昼与夜的川流不息中，漂泊四方？！我要做一个简单的人，纯粹美好。在岸上造船，在后院喂牛，把劈裂的木柴码在屋檐下，天黑前把晒干的酱菜放进缸里。

我是否可以告诉村里的每一个人，内心的幸福与河流的奔腾？告诉他们我已经娶妻生女，妻子蔡虹娇小玲珑，女儿骢骢偎在怀里。我一生要支付给她们，有姓氏的我给予温暖，没有姓氏的我将命名，仿佛初始的村庄。

过路的客人，我也会祝福你。河流带来土的安泰米的庇佑。假如你暂时还没有栖身之所，请来我的土屋。那是一所坐北朝南的房子，前院有两棵香椿树三棵柚子树，一片田野打开四季的画卷，锦绣无边。如果你听到“嗞嗞嗞”的声响，请不要惊悸，那是玉米在抽穗，泥土在喝水。死去的祖父又一次梦游到窗前，让一盏油灯陪你度过别样的夜晚。

远方未曾谋面的人，在出发前的清晨，我要写一封长信给你。或许你曾经来过我的村庄，柳树在河边梳妆，几支细辫摇曳在风中。深入水中的码头，父亲在挑水，母亲在洗菜。而你不知道米是怎样形成的——我说吧，一种农事就是一个季节的驿站，路上尘土飞扬，扑打人的脸，米成为终结，也衍生万物。你要像我一样，感恩粮食，珍爱生活。

在许多个夜晚，我反复梦见一条河流。它状如弦月，深蓝的水有微风的残痕，云丝游弋，榆树倾慕晃动的倒影。岸上连片的油菜花，旖旎灿烂，具备了我爱人的特质：腰肢纤细，头戴花冠，袭一件镶边翠绿的长裙，在人群中孤独，在月下暗伤。她在露水中洗脸，在一瓣瓣花影中顾盼。那是我出生的河流，被岩石和苇草掩映，眼中荡漾，星光与鸟鸣在内心汹涌。我梦见的河流，远去的背影就是一叶悬帆。

饶北河，在熄灯的时分我可否上船？村庄不会因为一个人的离去而孤寂，也不会因为一个人的加入而繁华。枫林，长条形的村庄，紧扣在山腰上。此时，狗都不愿狂吠，潺潺水声和田野的虫鸣融入了巨大的静谧之中。偶尔一声猫头鹰的长嘶，凄厉惊悚，黑夜更加冗长和深不可测。

然而，我是多么热爱枫林，屋檐下的麻雀巢，露出整齐的牙齿的石榴，挑粪赶路人。我的一生若有所曲折，有所怨悔，是因为离开了村庄。而流浪到我村的人，是有福的，必将获得尘世的完满。比如村口弹三弦琴的老人，把异乡当作故乡。某年某月的某一天，柿树下坐着一个老人，穿一件旧棉袄，胡子有玉米须那么长，黄色，抚一架三弦琴。琴箱就像他的脸，古旧、粗糙、拙扑、沧桑。他的手指微微皲裂，细长浑厚。那是一些轻快的乐曲，简单、往复，老人沉醉其中。我相信，他的生命返回了初衷，因为热爱才执着。乐曲不是弦所能完成的，它在一个人的胸腔环绕，向大地弥散。老人再也没有离开我村，直至抱琴而亡。

这样温暖的际遇也将降临在我身上。另一个相似的村庄在等待我，向南的坡地一群少女在采茶，连绵山峦，云幔渐渐蜕变成稀薄的面纱。村庄寂寞着，送走一拨拨的人，花开花落，炊烟飘荡千年而不消散，只因祈盼缺席者的出现。

一滴水汇入河流才不干涸，一条河流融入大海更显壮阔。饶北河，我悉心记录沿途的风景，山冈、村舍、小桥，春暖花开，候鸟会告诉枫林，我内心的依恋与不舍。而这个夜晚如窗前流水般源源不息，无限漫长，仿佛要填充一生，迟迟不让我出发。

旷　　远

一只蝴蝶的翅膀，在一块稻田张开在另一块稻田收拢；灼热的泪水浸泡眺望的眼睛，也浸泡天际，把远方推向更远；大地卸下旧衣，弃之原野，换上更绚丽的一件，太阳翻越不了四季的山冈；全村的人在通往粮食的土路上往返，晚霞在肩膀上渐渐黯淡，收尽人声与呼吸。

灌木丛中，饶北河透迤蓝色火焰，向东奔腾，野花次第开放。你是否误入过那样的村庄？！屋顶像被一件打满补丁的衣裳罩着，黑得褪白，白得发黑，青石铺的小巷被脚板打磨得鲜活透亮，牛粪散发弥久的气息。你掖一个蓝花布兜，后领挂一把雨伞，走访一个远亲。凭记忆的搜寻，你来到一个宽敞的庭院，门前的樟树翻阅秋风，土屋只有樟树的腰那样高，墙边的荆棘压了一群粉细的白花。你留宿了一夜，才发现那不是远亲的家。你说不出他的名字，知道他豁了一口牙，个子偏矮，硬瘦清俊，光着黑黝黝的上身，腰上常年扎一条白手巾，穿一双车胎皮缝制的鞋。

当你走出村庄，一个漫长的秋天被夕阳驮走，匆匆步履有雪花遮盖，而爽朗的风拍打原野，音乐一样拍打双肩。几条小巷，几座晒黑的土屋，让村庄变得幽深、浑厚、醇和、沧桑，在无垠的原野上，凸显寂寞、清冷。

我经常穿过那片原野。在夜色渐浓草虫吟鸣时分，稻叶上的露水含着朦胧星光，我收工回家。父亲挑一担谷，往家里赶，肩上像耸立了一座粮仓。我跟在父亲身后，一路干咳，风把田野吹得虚弱阴寒。饶北河素面朝天，袒露闪亮与皎洁。低沉的水声在一根弦上流动，在大地的胸腔里回转往复。而天空像巨大的钟，把一切罩在其中。远望村庄只有一盏灯那么大，路在田间七弯八拐，像村庄扑倒的身子，又像时光的投影，没有开始，在一扇楸木门前终结。

吆喝声会在此时响起——回家唉！母亲提一盏松花灯，站在村口，吆喝声飞过田野，在我耳内盘旋，温暖迅速将我包围。松片呼呼地燃烧，浓烟掺和香味在空气里扩散。母亲的脸在火光中跳荡、扑闪，孤单的背影加深了黑夜的浓度。

夜色取消了鸟的飞翔，把牛会集在棚里，把人赶进土屋。一座土屋，打开村庄的前世与今生，供人阅读。一只蜘蛛在脸上织细密的网，一只老鼠在灶壁上生儿育女，一张草席卷走一个人。晨曦吐彩，村里的人就往路上挤，扛一把锄头下田，捆一把柴刀上山，挑一担粪桶进菜园，仿佛以劳作的借口逃脱土屋的抓手，以至让我把劳作的快乐看成是自由的快乐。时光的一半是恩赐，一半是降服。

秋天的菜地更简洁更生动，芋头已经砍了杆，松软细碎的黑土齐整地长了一层萝卜秧，畦边的南瓜架倾倚在墙上，枯死的藤与叶见证了生命的旅程。南瓜架是拳粗的毛竹搭的。瓜苗刚抽丝蔓，毛竹还是青的，等藤蔓爬满了架，一层翠绿的云雾坠满粉黄的喇叭花，毛竹暴裂皱纹一样的细缝，身子灰白。南瓜的肚子一天天胀大，在田头怀春受孕，而藤耗尽血水。母亲抱孩子一样把南瓜抱回家。时光的壮美与消逝被菜地所包容，也被生与死所接纳。

是谁在忍受时光的驱赶？忍受道路的驱赶？从菜地从盐渍，从抽穗从晨曦，壮阔的原野把小小的村庄抱在怀中。饶北河稍作回旋，山中枫叶红遍。我已经忘记他是谁，早晨还是儿童，到了傍晚已是迟暮老人，脸像瓦一样粗砺，神情浑浊。我曾经那样熟悉他，熟悉父亲一般。

村庄的瞳孔里，一缕光在消失。

蒌蒿满地

三月是一封速递的信函，由黏稠的风捎来。饶北河两岸，柳枝抽芽，洋槐吐苞。在河堤、在菜园的畦墙、在田埂、在荒地，一种绿叶肥厚的植物在生长。它匍匐在地上，茎蔓生，叶子椭圆形，羽状分裂，花冠筒状，淡黄色。这就是蒌蒿，南方多年生草本植物。河水初涨，蒌蒿还没有脱去旧年的黄衣，又披上了新绿的薄衫。桃花在院子里羞涩地开，刺桐花坠了满地。母亲提一个竹篮，到河边剪蒌蒿叶去了。

“竹外桃花三两枝，春江水暖鸭先知。蒌蒿满地芦芽短，正是河豚欲上时。”宋朝的惠崇在八百年前描绘的南方景象，在我馥郁的记忆里，扩大、定格，映照着母亲清瘦的身影。她穿一件蓝色粗布衣裳，手中的剪刀在蒌蒿的茎上，发出清脆的声音，喳喳喳。她的手有些皲裂，线条一般的黑泥浸入掌纹，成为生活的印记。蒌蒿叶柔软地躺在母亲的手心，郁香沉沉，蓝色的汁液粘在粗布上。河水在洋槐下环绕，一圈圈不断变大的漩涡又一圈圈地缩紧，形成涡点，下沉。水面像一张被风吹起的绒丝绸。洋槐枝垂下水面，河鲤跳上来，虾乌黑黑地成群，吸附在河埠的石礅上，青苔淹在水下，那么舒展。远远看见母亲在一丛蒌蒿中，清瘦、淡雅。我分不清哪儿是蒌蒿，哪儿是母亲。她低着身子，蒌蒿簇拥着她。她的咳嗽声沿着河面传来，既让我温暖又痛惜。水蓝色的天空荡漾，湿润的空气包裹着清香。风吹过，蒌蒿起伏波澜。

蒌蒿叶清洗之后，用石磨磨成粉末，用夏布巾包起来压榨、沉淀。浸了一天的糯米圆润发胀，在木桶里冒泡泡。我们把糯米磨成米浆，和上蒌蒿粉末，搓成扁平状，把菜馅包进去。菜馅是酸腌菜、春笋丝、豆芽、咸肉，调些辣椒末。锅里的水在吼叫，劈柴在灶膛里“噼噼啪啪”。锅里的竹篾蒸笼冒腾腾的水蒸气，蒌蒿的香气在厨房里跑来跑去，像个顽皮的孩子。我们围着灶台，眼巴巴地看着水蒸气蹿上房梁。一刻钟后，母亲打开蒸笼，蒌蒿粿软软地躺在里面，青白色。我的喉咙发出“咕咕咕”的声音。在饶北河流域，家家户户都做这样的清明粿。

清明粿上桌的季节，水田已经翻耕，白白的水上飘着浮萍。稻种下田，有的已经长出细嫩的鹅黄苗。油菜的花完全凋谢，此刻倒伏在田里，春意盎然之际，它的青春期已然结束。白鹭站在水洼地，时不时地拍打翅膀，长长的嘴伸进水里，抬头的时候，一条泥鳅在它嘴角扭曲着身子。

1991年春，我到了县城工作，生活多了颠簸。每年的蒌蒿葳蕤时节，母亲托进城的乡亲，带清明粿给我吃。纸盒里有一块白纱布，白纱布里是清明粿。我打开纸盒，仿佛看见母亲站在我面前。她习惯性地沉默着，鬓角的头发有些发白，她匀称的呼吸和煦，拂在我脸上。

前天傍晚，我路过菜场，看见有一妇人在弄堂里摆一张小桌，一个煤球炉，卖清明粿。我说：“我要十二个。”她说：“没有了，现做现蒸要半个小时。”我说：“我等。”她的女儿坐在她身边看书，看起来有十五六岁，文文静静。她一边做一边和我闲聊。她说：“你怎么吃这么多清明粿，很喜欢吃是吧。”我说：“一天吃三个，可以吃四天。”我想说，我吃清明粿就会想起母亲，现在她年老了，整天佝偻着身子坐在椅子上晒太阳，她去不了河边剪蒌蒿叶，磨不动石磨了。我终究没有说，我的声带被一种酸酸咸咸的水堵住了，发不了声。

时间的渡口

不知道从哪一年开始，我迷恋上了废墟。残存的村子，被挖掘的坟墓，一座破旧的瓦舍，荒芜的茶园，空无一人的林场，废弃的矿山，岩洞里的旧居，倒塌的城墙，长满荒草的老院子，高耸孤独的石柱，长长的潮湿门廊，苔藓青绿的屋檐，荷花凋敝的花园湖泊……

我去过咸丰县土家族土司城，去过北京圆明园，去过鹅湖山下的鹅湖书院，去过瑞金九堡密溪，去过高昌回鹘故国都城……一切的废墟，都让我神往。我迷恋那种被时间淹埋的气息：漆黑的瓦砾断裂在屋檐下，秋日硕大饱满的红柿悬挂在枝椏直至腐烂，断墙上的凉粉藤比木棍还粗，蜘蛛在天井结网，蛀虫噬咬的木质粉末从横梁纷纷落下，雕花门窗透射的阴暗之光，剥落了石灰粉的墙画——我似乎能听到旧年的深夜脚步声，踢踏踢踏，促织在墙缝里嘁嘁嘁地叫，燕子在房梁上唧唧唧地喂食幼雏，病人在厢房里低低地呻吟，朗朗书声从后院传来；我似乎能看到渐渐暗下去的烛火摇曳，晾晒的衣裳散发米汤味，落霞撮下一抹淡绯色，廊檐下的摇椅咿呀咿呀地摇，木楼上的待字闺秀在绣花……

站在废墟面前，我的心一阵阵地荒凉，会收缩。时间的洪流，从远古时期，湮灭般滔天而来，卷起浑浊的浪花，寂灭而去。滔滔的浪涛，哗哗哗，冲刷着我们。远去的先人，会回到我们跟前，说着沧桑的生活，亘古不变的生命定律。

废墟是另一种无声的讲述。

又一次走向废墟。丙申年农历十一月十一日，宜入宅、婚嫁、起基、订盟、祭祀。我去了横峰县港边乡，看了三栋厅、两栋厅、灵西张氏老屋、徐氏宗祠。栋厅是港边人对老屋的称呼。三栋厅是指有两个大天井三个厅堂的老屋。江南的老屋，建构大体相同，大门槛进去，一个厅，再进是一个大天井，天井进去是大厅，三进天井，天井进去是大厅或家庭戏台，厢房安排在两边，廊檐连接，楼上有阁楼。天井分大小，大天井连厅，小天井连别院。我见过最大的老屋，是郑坊徐家大院，共二十四间天井，陌生人进去，根本找不到出口，像个迷宫。

三栋厅两栋厅徐氏宗祠，同在一条街上，与灵西张氏老屋相似，均无人居住，建筑也大体相仿，也均建于两百余年前，也都是“回”字形两层瓦屋。长长的木质廊檐，木梁雕花，高高的笨拙门槛，天井由石板砌起来，圆柱比我腰粗，飞檐翘角，石灰粉墙画依稀可见。三栋厅是规模较为庞大的老屋，凸显当年屋主显赫的身份。进门大厅，堆了很多日常生活用具，如打谷机、石臼、饭蒲窠、喷雾器，过了天井，屋舍洁净起来，竹椅子摆在厅上，仿佛坐过的人还没走一盏茶时间，木雕和方格窗花纹，还是两百年前的样子，只是蒙上了厚厚的灰尘。厢房与厢房之间的风弄，看起来，像一条时光隧道，黑暗又清晰，窄窄的半圆顶弄门会让我们看见这些：蓝衫飘忽，走出去的人，都不回来。饭厅里的八仙桌还在，虽然开裂，但摆放齐整，随时等人上桌吃饭。一栋大屋建四代，大屋不仅仅是屋舍，还是一个家族的繁衍史、生命史和生活史，更是心灵史。先人用木头、石板、木柱、瓦，书写自己或几代人的生命影迹。一代代的人，走出老屋，分枝散叶。二十余年前，三栋厅居住的人，已陆陆续续外迁，把大屋空了出来。我们走进去，木质腐朽和地面潮湿的气味，夹杂在陈年的灰层里，给人晕眩感，光线一下子变暗。

每次看大屋，我都很少说话。初冬，在温州乐清市南阁村，看明代名臣、藏书家章纶故居，我完全沉默。故居破败不堪，门窗结了箧箩大的蛛网，木板和横梁开始腐烂，水渍深深塌陷在木纹里，后院的水井被荒草覆盖。我看着红艳艳的美人蕉和茶花，有说不出的悲伤。门楼空地上，鹅卵石铺起来的地面，还保留着原始的铺设丁香花纹。人被时间淘洗得干干净净，不见踪影。

看完港边几栋大屋，已近薄暮。夕光乍寒还暖，不远处的丘陵像宣纸上的水粉，色调和暖，起伏有致。田畴淡淡素白淡淡素黄，港边河九曲而过。河边的芦苇花随风飘落。我站在街上，看看老屋，看看新修的街道，恍如隔世。

废墟，会唤醒人对远古生命的记忆，会吞没我们——时间那么强大，我们怎么有能力去抵抗呢？在废墟面前，我们从来都是绝对的渺小和孤独，那里曾有人欢笑和痛哭，曾有人出生和死亡，曾有人在厢房里读书相爱，曾有人在黑夜中默默独坐。他们走出高高的门槛，穿过村前的溪流，去了遥远的他乡。他们坐在戏台前，看戏。他们把木柴一斧一斧地劈开。他们开荒。他们夭折。他们殉情。他们喝着醇和的米酒，烤着火炉。他们伐木。他们把猎物挂在廊檐之下。他们掘地为井。他们种瓜得瓜。一切都是那么美好。他们就是我们的前世。

是的。废墟，不是湮灭，不是损毁，而是一种唤醒，是一种对久远的生活方式的追寻，是对强大生命的再次勾写。废墟有时间的品质，它是时间的再次呈现，呈现时间掩藏起来的人和事，呈现灰尘之下的声色光影，呈现并未消失的文明史和美学史。

我热爱废墟，每一个废墟，都是时间繁忙的渡口，渡口上来来往往的人，都是匆匆过客。凝视废墟，就是凝视熙熙攘攘的人群，他们会告诉我，我们活着究竟是为什么，什么才是最好的一生。